U0097402

古典詩歌研究彙刊

第二輯

龔鵬程 主編

第4冊

六朝詠懷組詩研究

李正治 著

國家圖書館出版品預行編目資料

六朝詠懷組詩研究／李正治 著 — 初版 — 台北縣永和市：花
木蘭文化出版社，2007〔民96〕

序 2+ 目 2+170 面；17×24 公分
（古典詩歌研究彙刊 第二輯：第 4 冊）
ISBN-13：978-986-6831-24-9（全套：精裝）
ISBN-13：978-986-6831-28-7（精裝）
1. 中國詩　2. 詩評　3. 魏晉南北朝
820.91027　　　　　　　　　　　　　　96016181

ISBN - 978-986-6831-28-7

9 789866 831287

古典詩歌研究彙刊
第二輯　第 四 冊　　　　　　ISBN：978-986-6831-28-7

六朝詠懷組詩研究

作　　者　李正治
主　　編　龔鵬程
出　　版　花木蘭文化出版社
發 行 所　花木蘭文化出版社
發 行 人　高小娟
聯絡地址　台北縣永和市中正路五九五號七樓之三
　　　　　電話：02-2923-1455／傳眞：02-2923-1452
電子信箱　sut81518@ms59.hinet.net
初　　版　2007 年 9 月
定　　價　第二輯 20 冊（精裝）新台幣 28,000 元
版權所有‧請勿翻印

六朝詠懷組詩研究

李正治 著

作者簡介

李正治，民國四十一年（1952）生，台灣苗栗縣人。自幼喜愛中國文學，初中時代即學習古典詩創作。大學入師大國文系深造，一直到碩士班畢業。博士班轉讀台大中文所，大開視野。求學歷程受益於兩校師長教誨，以及圖書館資源頗多。曾任教於淡江大學中文系所，目前在南華大學文學系所任教（曾任文學所第一任所長）。研究領域以中國詩學為主。著有《與爾同銷萬古愁──李白詩賞析》（偉文出版社，1978）、《六朝詠懷組詩研究》（師大國文所碩士論文，1980）、《春秋戰國禮樂思索的正反諸型》（台大中文所博士論文，1990）等書，譯有《意識批評家──日內瓦學派文學批評導論》（金楓出版公司，1987），編有《政府遷台以來文學研究理論及方法之探索》（學生書局，1988）。

提　　要

　　關於六朝文學的論述，已有林林總總的著作，有的研究其中的作家，有的研究其中的文學類型（玄言詩、遊仙詩、山水詩、詠物詩、宮體詩等），有的研究其中的形式走向（詞藻、對偶、聲律），不一而足。這些論述，大都為六朝文學帶來更為深刻的認識，具有一定的意義與價值。但是有關「詠懷組詩」的全面探討，至今仍付諸闕如。其中原因，大概有二：其一，無人提出「詠懷組詩」一詞，概括六朝許多具有詠懷實質的組詩，使其成為易於指認的詩類。其二，「詠懷組詩」的作品，一向被視為相互間關聯不大，不足成為可供深究的論題。因為這兩個因素，詠懷組詩不能提昇為整體的現象，於是許多組詩的產生，無由得到完整的解釋，即連後代的類型模仿，也幾乎失去解釋的線索。

　　事實上，詠懷組詩存在於六朝，是個真實存在的現象。自阮籍的詠懷詩出現之後，這類作品相引而生，左思的詠史詩，郭璞的遊仙詩，都是人人耳熟能詳的詩篇。古今詩評不僅點明這些作品具有詠懷的實質，而且給予超越六朝綺靡時風的評價，這種看法，相當一致。評價的重要性，更增加研究的價值；現象的探討，足以解釋唐代以來類似六朝組詩的模仿與擴展，故本文便以「六朝詠懷組詩」為研究的主題，希望藉此探明這一現象的產生、發展，以及詩歌的風貌，並理出承先啟後的線索。

　　研究「六朝詠懷組詩」，首先遭遇到歸類的問題：那些作品足以歸到詠懷組詩的類下？這有兩個條件，作為衡量的基準：詠懷實質和組詩形式。滿足這些條件的作品有：曹植〈雜詩六首〉，阮籍〈詠懷詩八十二首〉，左思〈詠史詩八首〉，張協〈雜詩十首〉，郭璞〈遊仙詩十四首〉，陶潛〈歸園田居五首〉、〈飲酒二十首〉、〈擬古九首〉、〈雜詩十二首〉、〈讀山海經十三首〉，鮑照〈擬行路難十八首〉、〈擬古八首〉，庾信〈詠懷詩二十七首〉。這些詠懷組詩，又可依題目區分為五個類型：即以「雜詩」為題，以「詠懷」為題，以「詠史」為題，以「遊仙」為題，以「擬古」為題。這些類型，即是唐代以來一般詩人模仿並擴展的對象。

　　在類型之外，六朝組詩產生的因緣，涵蘊的心靈世界，以及表現方式和藝術風格，也是本文研討的重心，經由這多層面的探討，將使我們更深一層了解詠懷組詩的獨特面目和成就。

目錄

初版弁言

　　這本小書，是我修碩士時寫的，寫成之後一直束諸高閣，現在才有機會出版，如果作品也有年齡的話，那麼這本小書自呱呱墮地迄今，也已經二十七歲了。

　　當初原計劃從語言學的各種角度，重新窺探中國詩話語言的表現，但由於語言學的準備知識大大不足，寫起來左支右絀，因此必經重起爐灶，於是才構思起六朝詠懷組詩的議題。六朝詠懷組詩在後代評價甚高，繼承其精神而仿擬及自出機杼的作品亦相續不絕，作為始源者的歷史階段必然具有最為重大的意義，而這一實際存在的整體現象亦有待研究者的闡明。當時並無前行論著專門探討此一問題，故只能在盡量攝取古今詩評的知識背景之外，自行提問，自行解答。昔日焦心苦索，夢想觸及這一歷史現象內在外在的眞相，如今披閱舊作，只能說走了一趟「初探」之路。

　　書中曾提出「層境美學」及「生命美學」之說，是我在碩士階段對中國美學核心的看法。生命美學以生命哲學為基礎，同時亦構成中國文學藝術的基礎。生命哲學在中國以儒釋道三家為大流，對於人類心性與生命境界均有其根源性的見解，對於文學藝術的美學評準亦影響深遠，因此合心性與生命境界的評準，以及文學藝術特有的美學評準，可以解釋文學藝術的一些重要的評價問題。舊日曾夢想為生命美

學建構一個理論上的大系統，內核爲中國的價值宇宙，即儒釋道三家的宇宙觀、心性觀與生命境界觀，下接文學藝術特有的心靈內感及藝術表現問題，但至今尚未進行專書構思，僅有吉光片羽描述其整體輪廓（見〈開出「生命美學」的領域〉，《國文天地》105 期，1994），但願此一夢想能有實現之日。

　　學術之路，一階段有一階段的風景，新不必勝舊，最要緊的是，它是一個更大的人生體驗的一部分，所以即使是一本小書，我也特別珍惜了。

自　序

　　關於六朝文學的論述，已有林林總總的著作，有的研究其中的作家，有的研究其中的文學類型，不一而足。這些論述，大都爲六朝文學帶來更爲深刻的認識，具有一定的意義和價值。但是有關「詠懷組詩」的全面探討，至今尙無。其中原因，大概有二：其一，無人提出「詠懷組詩」一詞，概括六朝許多具有詠懷實質的組詩，使其成爲易於指認的詩類。其二，「詠懷組詩」的作品，一向被視爲相互間關聯不大，不足成爲足供深究的論題。因爲這兩個因素，詠懷組詩不能提昇爲整體的現象，於是許多組詩的產生，無由得到完整的解釋，即連後代的類型模仿，也幾乎失去解釋的線索。

　　事實上，詠懷組詩存在於六朝，是個眞實存在的現象。自阮籍的詠懷詩出現之後，這類作品相引而生，左思的詠史詩，郭璞的遊仙詩，都是人人耳熟能詳的詩篇。古今詩評不僅點明這些作品具有詠懷的實質，而且給予超越六朝綺靡時風的評價，這種看法，相當一致。評價的重要性，更增加研究的價值；現象的探討，足以解釋唐代以來，類似六朝組詩的模仿與擴展，故本專題，便以「六朝詠懷組詩」爲研究的主題，希望藉此探明這一現象的產生、發展，以及詩歌的風貌，並理出承先啓後的線索。

　　研究「六朝詠懷組詩」，首先遭遇到歸類的問題：那些作品足以

歸到詠懷組詩的類下？這有兩個條件，作爲衡量的基準：詠懷實質和組詩形式。滿足這些條件的作品有：曹植〈雜詩六首〉，阮籍〈詠懷詩八十二首〉，左思〈詠史詩八首〉，張協〈雜詩十首〉，郭璞〈遊仙詩十四首〉，陶潛〈歸園田居五首〉、〈飲酒二十首〉、〈擬古九首〉、〈雜詩十二首〉、〈讀山海經十三首〉，鮑照〈擬行路難十八首〉、〈擬古八首〉，庾信〈詠懷詩二十七首〉。這些詠懷組詩，又可依題目區分爲五個類型：即以「雜詩」爲題，以「詠懷」爲題，以「詠史」爲題，以「遊仙」爲題，以「擬古」爲題。這些類型，即是唐代以來，一般詩人模仿並擴展的對象。

在類型之外，六朝組詩產生的因緣，涵蘊的心靈世界，以及表現方式和藝術風格，也是本專題研討的重心，經過這番探討，將使我們更深一層了解詠懷組詩的獨特面目和成就。

本論文的寫作，蒙邱師燮友細心的裁正，終能順利完成，謹此深深銘感於心。並祈博雅君子，有所指正。

庚申（1980）初夏　李正治謹識於
師大國文研究所

第一章　詠懷組詩的一般認識

第一節　六朝及六朝詩風

　　本篇論文既以「詠懷組詩」作爲研究主題,「詠懷組詩」一詞,古今詩評及近代文學史雖未提及,然其闡論發端,早已散見其中。本章先談「詠懷組詩的一般認識」,以見「詠懷組詩」是六朝存在的文學現象,並非憑虛杜撰;並說明一般文學史的知識和本專題之間的承接線索。

　　欲談「六朝詠懷組詩」,應先從六朝詩運著手,統觀六朝之際的詩風流脈,看出詠懷詩的地位。

　　依唐人詩語習稱的「六朝」、「六代」〔註1〕,均指建都在建康的六個朝代,即吳、東晉、宋、齊、梁、陳。宋·張敦頤撰《六朝事迹編類》〔註2〕,亦指建康的六朝。然「文學史上的六朝」,不必與此南

〔註1〕 文人筆下的「煙粉六朝」、「六朝金粉」,皆指偏都江南的六個朝代。
　　　　「建都建康」爲其分辨基準。唐人詠及「六朝」、「六代」的詩語甚
　　　　多,今略舉數則於下:魏萬〈金陵酬翰林謫仙子〉云:「金陵百萬戶,
　　　　六代帝王都」,劉禹錫〈臺城〉詩云:「臺城六代競繁華」,杜牧〈題
　　　　宣州開元寺水閣〉云:「六朝文物草連空」,韋莊〈金陵圖〉云:「六
　　　　朝如夢鳥空啼」。
〔註2〕 《六朝事迹編類》,凡二卷,南宋·張敦頤撰。《四庫提要》史部地
　　　　理類云:「其書爲補金陵圖經而作。」又云:「惟書以六朝爲名,而

朝六代盡同，蓋文學史的探討注重縱貫的時間斷限，而不以「建都建康」爲準據，因之指謂便互有差異。考察古今關於六朝的詩文選編或批評論著，文學史的「六朝」最主要有二說：

1. 指漢魏之後的晉、宋、齊、梁、陳、隋六個朝代：此一用法自宋已然，爲前人選編批評所習用。至其用語方式，則常與「漢魏」對舉〔註3〕。

2. 指兩漢之後的魏、晉、宋、齊、梁、陳六個朝代：此一用法較爲後起〔註4〕，實爲現今所習用。

這兩種說法稍有出入，但只是語詞定義稍微不同，近代一般相關性的討論並未嚴格區別，大抵以魏至隋爲斷。這種不嚴格的用法，上可包舉三國，中括兩晉，下沿南北朝至隋，果然利便非常，但其中所涵蓋的，不只六朝，故爲本文所不取。本文對六朝的說法，探第二種說法，唯須再進一步說明，如魏外的蜀、吳，南朝外的北朝，以其時限而言，當也包括在內，相當於史學所指的「魏晉南北朝」時期。

至於「六朝」成爲文學批評用語，或文學史用語，固不僅具有時代分期的意義，其可言者尚有數端：

1. 由於隋唐文人造語關係〔註5〕，同名異實的運用於文評，得其精

古迹之中，自南唐以逮北宋，亦具載之，殊失斷限。」見《四庫提要》卷七十。（今藝文本冊三，頁1476）。

〔註3〕凡曰「漢魏六朝」者，均沿此義。觀宋‧胡仔編《苕溪漁隱叢話》的時代分類，卷一卷二爲「國風漢魏六朝」，嚴羽《滄浪詩話》詩評第二十四條謂：「少陵詩憲章漢魏，而取材六朝」，六朝均與漢魏對舉。明‧張溥編《漢魏六朝百三家集》，清‧嚴可均編《全上古秦漢三國六朝文》，以及近人蕭滌非著《漢魏六朝樂府文學史》，亦沿用之。

〔註4〕如章太炎《太炎文錄》卷一「五朝學」中所稱的「六朝」，廖蔚卿著《六朝文論》研究的六朝，均屬此義。

〔註5〕如隋‧王通《文中子》言及「六代」，以及註1的唐人詩語。《文中子‧王道篇》曰：「其言六代之得失明矣！」此六代謂晉、宋、後魏、北齊、後周、隋。

簡，不必辭費。「六朝」二字，概盡許多朝代。

2. 文學風氣和藝術面相注重儷采聲韻的表層形式，這是六朝詩風的一致傾向。

3. 六朝承繼兩漢詩類，而為五言詩的發展時代。

4. 言六朝，與漢唐對舉，明晰簡便。

其中最主要者，厥為文學風格的考慮，蓋若無風格的一致性，則分代標舉乃為當然，唯因其時代風格綺靡艷麗，雷同一響，故逕以「六朝」涵括，而在時代分期之外，也著上詩風色彩。

以上辨明六朝時限及文評運用因由，底下則就一般認識略說六朝詩運〔註6〕。

眾所周知，法不孤生，事不獨起，因果的相關性，是人類解釋宇宙間事物的一大原則，也是文學研究的一大方法。盱衡兩漢六朝詩運，六朝詩並不是平地陡起，憑空發生，乃是漢詩類型（樂府詩、五言古詩）與題材的衍續開展，其中關鍵，當以建安為轉捩點。

建安為漢末多事之秋，盜賊蠭起，群雄割據，天下動盪，民生危殆，無論政治、社會以至學術風氣，均已遭逢巨大轉變。在這風雲際會的大時代裏，曹氏父子起而提倡文風，戎馬倥傯，橫槊賦詩，激昂的志氣與瘡痍的感慨，俱化作剛健的文學生命，故建安詩風氣格高舉，寄慨深長，劉勰《文心雕龍》云：「觀其時文，雅好慷慨，良由世積亂離，風衰俗怨，並志深而筆長，故梗概而多氣也。」（〈時序篇〉）又云：「暨建安之初，五言騰踊，文帝陳思，縱轡以騁節，王徐應劉，望路而爭驅；並憐風月，狎池苑，述恩榮，敘酣宴，慷慨以任氣，磊

────────────────────

〔註6〕若平情考察一般人的詩史知識，可說大多得於常見的文學史著，如劉大杰《中國文學發展史》（今有臺灣中華本和華正本），鄭振鐸《插圖本中國文學史》（有新欣出版社本），以及其他流傳各大學的文學史教科書，如李曰剛、葉慶炳、孟瑤（楊宗珍）諸先生所著。這些文學史，參考徵引許多傳統批評，摻合於個人研究之中，因此在常識性格中間，事實上包含極多古人今人的洞見，但就其成為一般人的文學史知識言，則說為「一般認識」。今言六朝詩運，在此一般認識上說。

落以使才。造懷指事，不求纖密之巧；驅辭逐貌，唯取昭晰之能，此
其所同也。」(〈明詩篇〉)綜括這時期的詩歌趨向，可分兩點：

1. 拓展樂府詩中寫實的社會色彩

建安的社會寫實之風，是承繼漢代樂府的寫實精神。曹操有〈薤
露〉、〈蒿里行〉，王粲有〈七哀〉詩，曹植有〈送應氏〉詩，詠歎漢
末初平、建安亂事，推源溯流，爲漢樂府〈戰城南〉、〈婦病行〉、〈孤
兒行〉的擴展。這時期的社會性詠懷，其後由曹植入魏的遭遇，而轉
爲個人性的自傷自憐，直開六朝詠懷的感傷情調。

2. 漸啟六朝浪漫華采的先聲

建安詩人所感受的人生幻滅與嚮慕遊仙的思想非常濃厚，曹氏父
子即肇其端，這固然受到漢代古詩的影響，其實也是個人生命在亂離
世界的激傷和祈慕，這種情懷一流遝下，縱啓六朝詠懷、遊仙。至於
建安諸子的文人雅集，也漸啓儷采妍對的雕琢風氣，流風所扇，至魏
晉而不息〔註7〕。

六朝詩聲，魏爲首唱。魏代詩風，與何晏、王弼引領的哲理清談，
竹林七賢寄情的曠放之遊並行，具有玄理及遊仙的色彩，其中詠懷基
調最爲強烈者，當推阮籍、嵇康。阮籍有〈詠懷詩〉八十五首，爲六
朝詠懷組詩的典型表現，對於其後的詠懷精神與組詩形式，影響頗
大。劉勰論述這一代詩風，曾說：「及正始（魏廢帝年號）明道，詩
雜仙心，何晏之徒，率多浮淺。唯嵇志清峻，阮旨遙深，故能標焉。
若乃應璩百一，獨立不懼，辭譎義貞，亦魏之遺直也。」(《文心雕龍·
明詩篇》)

兩晉詩運，劉勰、鍾嶸均有論述，簡明深入，足以徵知一代詩風

〔註7〕以上兩點，參見劉大杰《中國文學發展史》（中華本），頁222～226。
其中言及華采之風，劉氏舉王粲爲例，謂「山岡有餘映，巖阿增重
陰」，「曲池揚素波，列樹敷丹榮」，「幽蘭吐芳烈，芙蓉發紅暉」等
句，已非漢詩風格，漸啓兩晉南朝風氣。他的說法，只是在建安詩
人中舉其一斑。

的流變：

> 晉世群才，稍入輕綺，張左潘陸，比肩詩衢，采縟於正始，力柔於建安，或析文以爲妙，或流靡以自妍，此其大略也。江左篇製，溺乎玄風，嗤笑徇務之志，崇盛忘機之談，袁孫（袁宏、孫綽）以下，雖各有雕采，而辭趣一揆，莫能爭雄，所以景純（郭璞）仙篇，挺拔而爲儁矣。（〈明詩篇〉）

> 自中朝貴玄，江左稱盛，因談餘氣，流成文體。是以世極迍邅，而辭意夷泰，詩必柱下之旨歸，賦乃漆園之義疏。（〈時序篇〉）

> 太康（晉武帝年號）中，三張（張載、張協、張華）二陸（陸機、陸雲），兩潘（潘岳、潘尼）一左（左思），勃爾俱興，踵武前王，風流未沫，亦文章之中興也。永嘉（晉懷帝年號）時，貴黃老，稍尚虛談。於時篇什，理過其辭，淡乎寡味。爰及江左，微波尚傳，孫綽、許詢，桓、庾（桓溫、庾亮）諸公，詩皆平典似道德論，建安風力盡矣。先是郭景純用儁上之才，變創其體，劉越石仗清剛之氣，贊成厥美，然彼眾我寡，未能動俗。（〈詩品序〉）

上面三段文字，均就兩晉詩運大流而說，釐析可得兩流大端：1. 西晉太康期的雕琢華采之風﹝註8﹞。2. 永嘉至東晉的玄理、遊仙風氣。此兩者並非分道揚鑣，互不相涉，而是在東晉的時代裏交融相織，排偶雕采浮現在時興的題材上。一般說來，兩晉詩大抵缺乏深刻的寄託和意境，西晉文士以潘陸爲代表人物，其共同的藝術風貌是「縟旨星

﹝註8﹞ 劉大杰云：「太康詩人的作品，實在沒有多大的價值。然而他們卻有一個共同的特色，便是輕視內容與意境，而偏重辭藻，於是造成浮艷華美的風氣。這一點雖不足取，然對於南朝文學的發展，卻有極大的影響。兩漢詩歌，篇目雖少，然皆文字質樸，內容充實。建安正始，辭華漸富，仍能注重內容意境，頗有兩漢遺風。至於太康，時會所趨，無論詩歌辭賦，都用心雕琢，注意辭藻。如陸機所擬的漢樂府古詩，全非漢代面目，滿篇駢詞儷句，完全是太康的流行體了。本來這種浮艷的風氣，由王粲開其端，到了陸機，才至於全盛。」這一體認，有沈德潛的評論爲證，參見《中國文學發展史》，頁235。

稠，繁文綺合」(沈約《宋書·謝靈運傳論》語)，注重詞語的「輕綺」，
而幾乎掩蓋作者的真情。建安時代的亂離，以及慷慨悲歌的剛健風
骨，早已隱然遠逝，太康、建安，標幟兩個不同的文學時代。至於永
嘉以來，玄學盛行，一般人大抵無國族存亡的真切感受，沈迷於清談
說理，遊仙避世，雖然不無清雋之作，但觀瀾索源，真情流散，故鍾
嶸有「平典似道德論，建安風力盡矣」之譏。能超拔於這種風氣的詩
人，一躍而為這個時代的佼佼者，因而左思詠史，劉琨感懷，郭璞遊
仙，以至陶潛田園，都在時風之外，自樹一幟，成就頗高。此一類詩，
一般目為阮籍詠懷的變體，而非純粹綺靡的作品。這種認識，梁時鍾
嶸評論郭璞，已給後人有所啟示：「但遊仙之作，詞多慷慨，乘遠玄
宗。其云『奈何虎豹姿』，又云『戢翼棲榛梗』，乃是坎壈詠懷，非列
仙之趣也。」(《詩品·中》「晉宏農太守郭璞詩」)李善注《文選》以
還〔註9〕，詩評界大抵持這種見解。也因為這種見解，許多詩人及其
組詩，以其詠懷的性質而相關聯，出現在文學史的探討上，這種情形，
本章第二節將加以詳述。

　　魏晉之後，轉入南朝四代，首先有山水詩的興起，宋謝靈運為其
代表人物。山水詩的盛行，固然因素繁多，但是遊仙、招隱與自然世
界的因緣，卻是其中最為重要的理由〔註10〕，因此就詩運走向的眼光

〔註 9〕李善在《文選》「遊仙」題下注云：「凡遊仙之篇，皆所以滓穢塵網，
　　　　錙銖纓紱，餐霞倒景，餌玉玄都。而璞之制，文多自敘，雖志狹中
　　　　區，而詞兼(本作無，據梁章鉅旁證改)俗累，見非前識，良有以
　　　　哉！」這種看法與鍾嶸相呼互應，影響後代評論郭璞的觀點。然而
　　　　能產生這種看法，主要因為郭詩的詠懷性質。古今見解的不約而同，
　　　　正見文學探討某一程度的客觀性。
〔註10〕關於山水詩產生的諸般因緣，除了劉大杰的解釋外，請參考下列數
　　　　種較為深入的討論：
　　　1. 王瑤著〈玄言、山水、田園——論東晉詩〉，見《中古文學史論》
　　　　　(長安出版社本)第三部份「中古文學風貌」，頁 59 起。
　　　2. 福洛沁(J. D. Frodsham)著〈中國山水詩的起源〉，鄧仕樑譯，
　　　　　見《英美學人論中國古典文學》(香港中大本)，頁 117 起。
　　　3. 林文月著〈從遊仙詩到山水詩〉，見中外文學《中國古典文學論

來看，山水詩還是兩晉文學風氣的順勢沿展，其間關係相當密切，謝
靈運詩的排偶繁重，以及晉宋玄理、遊仙的演化痕迹，都是有力的註
腳。鍾嶸稱「謝客（即謝靈運）爲元嘉（宋文帝年號）之雄，顏延年
（即顏延之）爲輔」，其實謝氏地位乃是「山水描寫的奠型者」，在當
時詩運的承先啓後上，占有特別的重要性。此風氣一經開展，自然山
水便成爲文學觀照的主體，而山水詩也取得獨立的生命。劉勰探究此
一文學現象，顯然是不予輕忽，明詩篇說：「宋初文詠，體有因革，
莊老告退，而山水方滋，儷采百字之偶，爭價一句之寄，情必極貌以
寫物，辭必窮力而追新，此近世之所競也。」又物色篇說：「自近代
以來，文貴形似，窺情風景之上，鑽貌草木之中。吟詠所發，志惟深
遠，體物爲妙，功在密附。故巧言切狀，如印之印泥，不加雕削，而
曲寫毫芥，故能瞻言而見貌，即字而知時也。」不過以語言文字追摹
山川美景，不如山水畫事的直接，勢必追求意象的新穎，所以山水詩
也附帶挑起追新逐奇的風氣。

　　齊梁之間，不但追新逐奇，而且特別重視聲韻，詩史上有「永明
體」〔註11〕及「齊梁體」〔註12〕之稱。關於聲韻格律的討論，可參考

　　　　叢》冊一詩歌之部，頁81起。
　　4. 王文進著《論六朝詩中巧構形似之言》第一章第三節，見師大國
　　　　研所六十七年碩士論文。
　　　這些文章，大都涉及玄理、遊仙演化爲山水詩的痕迹。本文只是概
　　　觀，故不能詳論。筆者曾經考察此一論題，將從文化史觀點另作一
　　　番全面性的解釋。
〔註11〕《南史・陸厥傳》：「永明（齊武帝年號）時盛爲文章，吳興沈約、
　　　陳郡謝脁、瑯琊王融，以氣類相推轂。汝南周顒善識聲韻，約等文
　　　皆用宮商，將平上去入四聲，以此制韻，有平頭、上尾、蜂腰、鶴
　　　膝，五字之中音韻悉異，兩句之內角徵不同，不可增減，世呼爲『永
　　　明體』。」
〔註12〕齊梁體可有二義：一指風格，即陳子昂所謂「彩麗競繁，而興寄都
　　　絕」，朱熹《朱子語類》所謂「齊梁間之詩，讀之使人四肢皆嬾慢不
　　　收拾」者也。一指格律，則與永明體相近，即白居易、李商隱、溫
　　　庭筠、陸龜蒙集中所言齊梁格詩是。上說見郭紹虞《滄浪詩話校釋》
　　　（正生本），頁50。

沈約《宋書‧謝靈運傳論》，陸厥〈與沈約書〉，沈約〈答陸厥書〉，鍾嶸〈詩品序〉下。這種注重詞采聲韻的風氣，雖然是受佛經轉讀的影響，但從詩運的縱線以觀，仍是太康以來雕琢風氣的發展。尋探此一形式質素的演變，從華采到排偶，從新奇的意象到繁瑣的音律，齊梁成為綺艷大成的淵藪。然而也靠這演變，才能產生純文學的觀念，對於文之為「文」，有較為精密的看法。劉勰《文心雕龍》，花了大半篇幅討論「文術」〔註13〕；蕭統《文選》，屏棄經子以及記事之史，但選錄部份的讚論序述〔註14〕；一則表現這一時代對文學有更進一步的看法，在這背景之下才有研討批判的餘地；一則表現這一時代對文體有更細密的區分，在這區分之下文學的含義才更為清楚。至於齊梁詩的表現，後代譏為「詩格卑下」、「偏重形式」，固然文學評價不高，不過著名詩人如謝朓，給唐代詩人不少的啟示。如果我們不過分卑視這一階段的詩運變遷，那麼由排偶、聲律的注重，到唐代近體的形成，是存有文類發展關係的。

　　最後談到南朝君臣的宮體詩。據劉大杰的看法，色情文學乃是當日文學的一大內容。「這種文學的特色，是在專心描寫女人的顏色衣服心靈舞態以及睡時酒後的種種情景，而至於肉體性慾的大膽表現」（頁 270）。這種文學的產生，一面受吳歌西曲的影響，一面則由於南朝君臣的流連酒色。在梁、陳之際，色情文學瀰漫宮廷，《南史‧

〔註13〕《文心雕龍》下篇，自「神思」至「總術」，一般歸之於文術論，探討文學創作的各個層面，其中「聲律」「章句」「麗辭」「夸飾」「練字」等的研究，明顯的和南朝的文學認知有莫大關聯。劉氏縱然與當時觀點不盡相同，進而有所批判，但他的了解批判，正表示他並不輕忽文學潮流，而能藉重魏晉宋齊的文學知識，從事文學創作各個層面的研究。這種研究，如非在知識成熟的背景下，是很難進行的。

〔註14〕文選序謂：「至於記事之史，繫年之書，所以褒貶是非，紀別異同，方之篇翰，亦已不同。若其讚論之綜緝辭采，序述之錯比文華，事出於沈思，義歸乎翰藻，故與夫篇什，雜而集之。」許文雨《文論講疏》引黃侃曰：「以上言不選史而選史之讚論序述之意。」見《文論講疏》（正中本），頁102。

簡文本紀》云：「帝辭藻艷發，然傷於輕靡，時號宮體。」又〈徐摛傳〉云：「屬文好爲新變，文體既別，春坊盡學之，宮體之號，自斯而始。」至於陳後主君臣，更以寫作「宮體」爲樂，被譏爲「亡國之音」。詩史上的「徐庾體」，也是在此一風氣下產生。

　　縱觀六朝詩運，誠然是在文學形式與內容上，辨析愈細而所趨愈小，乃至形成綺靡側艷的小樣格局，引起後代非笑，但是如從六朝和唐代詩運的關係來看，六朝詩在在影響唐詩的形成和走向，不可只從「綺靡側艷」的一個文學層面加以抹殺。

　　一般對於六朝詩的分類，以其題材而分爲詠懷詩、玄理詩、遊仙詩、田園詩、山水詩、宮體詩六類，其中田園詩一類，不是六朝詩所時興，不占重要的地位，詠懷詩則委身未明，易滋誤解。如從詩運來看，並不易說明詠懷詩之成類，而詠懷詩是否能和其他詩類一樣，只從題材分辨，也是問題所在。「詠懷詩」一名的定立，由於阮籍，試讀阮詩，則有玄理、遊仙的題材，而且詠懷寄情，照理可以藉他人杯酒澆胸中壘塊，遍及宇宙間一切題材，則詠懷是超越題材之上的類，若從這一層次體會，則詠懷應提昇爲「詠懷精神」，而與六朝時興的「巧構形似之言」分立，有關其詳，將在本章第三節作一說明。通常視詠懷詩爲一類，並非站在詠懷精神上的衡觀，而是依從題材著眼，把「個人心事」視爲詠懷的題材，這種切近生命的主觀詠歎，傳達出個人的嚮慕、焦慮、慘戚、哀求，乃是文學家切身地反映自我，左思〈詠史〉、郭璞〈遊仙〉因此被後人歸爲詠懷一類，不過這種歸類，尚有許多曲折可說。

　　總而言之，詠懷詩並非六朝詩裏明確的一類，六朝詩運的開展，最明顯的風貌是玄言、遊仙、山水、宮體諸種詩類的興盛，以及華采雕飾走向排偶聲律的創建，後者融入唐代近體的形成，而前者給予唐人內容方面的啟示。至於詠懷，既非炙手可熱的文學風氣，亦看不出對唐代的重大影響，猶如遙空寒星，悄然懸掛於六朝一隅。

第二節　詠懷組詩的文學現象

　　對於一代文學的研究，通常可分由文學史和文學批評兩大徑路進行。前者站在事實觀點，分別文學現象的主從關係，理出主潮的發展，並考明現象產生的源流因果；後者則站在評價觀點，建立批評標準，專注於藝術成果的高下品鑑。兩者重心雖有不同，卻是互相關聯。〔註15〕一般文學史的寫作，大抵統合兩者，史評兼備。

　　細讀六朝詩，從文學史的途徑進入梳理，無可置疑地，「太康體」和「永明體」占有超乎尋常的重要性，這兩種時代風格所涵的文學認知和實際表現，足以說明六朝走向的儷采聲韻，而玄言、遊仙、山水、宮體，亦足以說明一時風氣及其影響。只有偏處一隅的詠懷詩和田園詩，在當時並未被重視，只能附屬提及。但若從文學批評的途徑著手分析，則迥異時尚的詠懷、田園詩，卻是藝境最高的作品。在詠懷詩和田園詩裏所呈現六朝人的心靈，都能表現人類對於存在處境與生命自身的普遍關懷，其中的反省批判所獲得的矛盾與平和，也都充滿鬱深的感情與理想性的提昇，令人感受到人生深層的嚴肅與真實。這種隱藏人生斑斑哀樂的詩，不是儷采聲韻的討論足以盡其萬一。在價值觀點的評價下，「太康體」和「永明體」，便無足論也，反而是那些超出時風，獨樹一格的詩篇，卻卓然成一家之言。

　　詠懷詩在當時所以失去重要性，是不能配合時尚，然而詠懷詩真是六朝詩史無足輕重的文學現象嗎？對於這個問題，有待文學史的重新衡觀。

〔註 15〕文學研究通常區分為三個範疇：文學理論、文學批評及文學史。韋勒克和華倫合著《文學論》（Theory of Literature）云：「在我們的適當的研究中，文學的理論、批評和歷史三者之間的區別，顯然是最重要的。……這些區別都是相當明顯而且普遍地被人們所接受，但不太為大家所了解的是這些方法不能單獨使用，它們彼此密切關聯。」（志文版，頁 60～61）筆者以為三個範疇的知識雖是相關，但不礙其重心不同。在實際處理文學現象時，文學理論是基本依據，文學史和文學批評則是實際的進路。

　　兩漢古詩的古質風貌和溫厚深情，一直是後代詩學回顧的典型。六朝擬古和劉勰、鍾嶸的品評，已見端倪。劉氏評爲「直而不野，婉轉附物，怊悵切情」（《文心雕龍‧明詩篇》），鍾氏評爲「文溫以麗，意悲而遠，驚心動魄，可謂幾乎一字千金」（《詩品‧上》），都對詠懷詩致無上的禮讚。對於六朝以前的詩，很少人會以麗采聲韻作爲探論的線索，大抵都能領受瀰漫在那個時代的詠懷精神，這種精神的呈現，在漢末桓靈以至建安的階段更爲明顯。不過在文學史的視野下，這股詠懷精神似乎在六朝突告斷線，尤其看到前人批評，喜以「漢魏風骨」和「六朝輕綺」對揚，更容易使人產生錯覺。陳子昂說：「漢魏風骨，晉宋莫傳」（〈與東方左史虬修竹篇敘〉），李白言：「自從建安來，綺麗不足珍」（〈古風其一〉），表面視之，似乎六朝詩已失去盎然的藝術生命與深刻的內涵，只留下一些矯情的詞藻駢偶，以及機械的聲調格律；其實若再深入考察，便可發現他們在漢魏風骨式微的時代裏，已瞭然於六朝時風之外一道詠懷的潛流，因此會先後步上阮籍之路，寫作類型相近的作品。子昂〈感遇〉、太白〈古風〉，依照普通認識，即是阮公所開的新傳統。這一傳統上與漢詩的詠懷精神相連接，下與六朝以下各種詠懷類型相呼應〔註16〕，詠懷一脈的詩，遂不絕如縷！

　　平常喧騰人口的詠懷詩，即是漢代詠懷精神的一脈真傳，也是六朝時風之外的自吟自唱。它在一般認識中朦朧地成類，而以阮籍〈詠懷〉爲明確的代表者。至於這一系詩的掌握，事實上也以阮公〈詠懷〉的性格爲基準。

　　關於阮籍的〈詠懷詩〉，古今批評已過繁富，這裏稍加釐析旨意，粗分四點如下：

1. 中情的不得已

〔註16〕詠懷類型的探討分詳於第三章「詠懷組詩的類型」，及第六章「詠懷組詩對後代的影響」。此地想先說明的是：詠懷精神與漢魏風骨成爲文學形式的凝聚表現，首由阮籍開出，而類型的成立則在六朝，至於此種類型成爲易於指認的類，則由於唐代以還的類型模仿。

阮公身處曹氏與司馬氏的政爭之下，眼見曹氏的奢淫喪國，司馬氏的矯僞奪權，深有所感，然而脫逃不得，只有出以縱酒曠放，不問世事的敷衍之途。《晉書》本傳謂：「籍本有濟世志，屬魏晉之際，天下多故，名士少有全者，籍由是不與世事，遂酣飲爲常。」這種「有託而逃」的生活方式，後代文人深能體會。

2. 自我生命的反省

現實困境之相激，個人生命的種種與多憾的人世，乃成爲自我觀照的可哀對象。在此哀傷的面對中，對於社會現況的理性批判〔註17〕，對於未來歲月理想落空的覺知〔註18〕，對於時間催逼歸向空無的敏感〔註19〕，以及對於超越人世缺憾的渴求〔註20〕，遂一起湧現，萬感交集，情動于中而形于言，言之不足，故嗟歎之，「無盡藏之懷」（王船山評阮詩語）洋溢字裏行間，「雖志在刺譏，而文多隱避，百代之下，難以情測」（李善《文選注》語）。

3. 豪壯生動的比興

《詩源辨體》曰：「嗣宗五言詠懷八十二首，中多興比。」比興是託寄情意的表現方式，細察阮詩的興比手法，與漢詩又分壁壘。源於道家思想的浸潤，與楚騷傳統的孕育，阮公藉助於寓言及香草美人的隱喻，展開苦悶的宇宙性象徵〔註21〕，把人世的幽悲長恨，提昇爲

〔註17〕其六十「儒者通六藝」，其六七「洪生資制度」，有貶斥當世僞儒之意。其二「二妃遊江濱」，其六九「人知結交易」，有慨歎交道之意。至於斥佞邪子、夸毗子（其五六、五三），斥荒淫（其十二），微言密意，似對於奢淫爭鬥的批判。參見陳沆《詩比興箋》。

〔註18〕阮公憶昔歎往之篇，如其五「平生少年時」，其六一「少年學擊刺」，都有壯志成空之感。

〔註19〕這是阮公詠懷詩的主要內容，觸目皆是。例舉二篇，如其三三「但恐須臾間，魂氣隨風飄」，其三十五「壯年以時逝，朝露待太陽」。

〔註20〕阮公的遊仙之思，有屈原離騷、遠遊的旨意，在經歷現實世界的摧折之後，想在現實之外尋求永恒的樂土。如其二四「殷憂令志結」，其四一「天網彌四野」。

〔註21〕以延伸向無限時空的廣大形象爲比興基礎，所構成的一種象徵形態謂之。透過宇宙性的象徵，「詩人由自己有限生命的經歷變化，而進

宇宙性的悲懷，使人猶如在廣遠的時空之後，睇視人生綿綿不絕的哀愁，油然而生「人之生也，與憂俱生」（《莊子·至樂篇》語）的形上深悲。然而穿梭在那些浩大的形象之間，又覺天地的遼闊豪壯，「使人忘其鄙近」（《詩品》語）。

4. 怊悵激情的風骨

詠懷的底層，在感憤託寄，「為情造文」（《文心雕龍·情采篇》語），不以彩麗競繁為主。由於內在激情急需抒吐，意象之間亦涵富激盪性。透過豪壯的興比，結構整體亦顯現一股力量。這股力量和心情的切憂沈痛，鑄就阮詩的風骨。言及風骨，便與六朝綺靡異路。

除了上述四個性格之外，阮公〈詠懷〉還有一個表層形相：組詩形式，《晉書》本傳謂：「作詠懷詩八十餘篇，為世所重」，可見阮詩不是以單篇面世，或經過蒐集，總編成冊，初始即已成組出現。成組出現，並不意味寫作日期同在一時，而只意味著情之鬱結難理，即使透過不同時間寫作，仍然具有「自我生命的反省」之一致性。

古人對於六朝詠懷的歸類，多少均建立在與阮詩性格的類似點上，這也是對六朝詠懷把握的獨特方式，若在兩漢，由於言志抒情的文學思想和實際創作，詠懷乃是樂府、古詩的普遍精神，自不必經由阮詩而進行把握。若再往六朝以下看，子昂〈感遇〉、太白〈古風〉，則又是阮籍一路的承繼，至於各種組詩形式的詠懷，也大體可推溯到六朝建立的類型，如「雜詩」、「詠史」、「遊仙」、「擬古」等。劉大杰《中國文學發展史》也說：「魏晉詩人以遊仙、擬古、詠史、雜詩為題者，除極少數例外，均非以仙、古、史為對象，而是發洩自己的牢愁，是最坦率的自白，當為傑作。」這些題目在不同的時代，可以產生不同的內涵和形式。唐人的「感遇」「古風」已是變題，而其他的「書懷」、「感興」、「遣憤」、「寓言」、「有感」、「感諷」、「無

觀自然無限時間內之生滅，以造成『宇宙之悲哀』（Cosmic Sorrow）」（陳世驤〈時間和律度在中國詩中之示意作用〉中語）。阮詩這類興象甚多，不言可見。

題」、「偶作」……更是不勝枚舉。古人創作，對於這些題目大致都有相當的認識，這些題目，為六朝詠懷組詩演變下來的類型所涵，因此，這類題目非似一般酬贈之作，廣泛地說，乃是自我心靈的傾吐。追根探源，阮籍詠懷是這一類型的肇基者，也可說是首開風氣的第一人。

順著一般認識的理路，現在我們看看古人的把握如何。

郭璞，他是永嘉時代的詩人，自身是個奇技異能的術士，洞明五行天文卜筮之術，作有組詩形式的〈遊仙詩十四首〉〔註22〕，他的詩篇，六朝比較一致的批評，可舉《南齊書·文學傳論》之說為代表：

> 江左風味，盛道家之言，郭璞舉其靈變，許詢極其名理，
> 仲文玄氣，猶不盡除。

永嘉之禍，典午南遷，這段期間玄理清談轉盛〔註23〕，詩界相應的產生玄理詩，郭璞被認為是玄理詩中能夠「舉其靈變」的作者。換句話說：即能在玄理詩中自創新格，使它脫出滿篇概念的表達方式，而具有詩的藝術性。這一基線上的看法，尚可見於南朝宋檀道鸞的《續晉陽秋》〔註24〕，以及齊梁之間劉勰的《文心雕龍》〔註25〕。但從另一方面來看，鍾嶸在「詩與非詩」的評價之外，進一步辨認郭璞的「遊仙之作」，具有「坎壈詠懷」的旨趣，其結論至為深刻：

〔註22〕郭璞〈遊仙〉，現存十四首。十四首中，末四首有闕句。鍾嶸所引，不在今十四首內。由此看來，郭詩是否十四首，很難斷定。

〔註23〕渡江之後的清談，宰相王導便是倡始者，上有所好，下必有甚焉者。《世說新語·文學篇》記載的清談情形，江左占較大篇幅（自第二十則起），亦可見一時盛況。

〔註24〕《世說新語·文學篇》註引《續晉陽秋》曰：「至過江，佛理尤盛，故郭璞五言，始會合道家之言而韻之。詢及太原孫綽轉相祖尚，又加以三世之辭，而詩騷之體盡矣。」檀氏的「韻之」及「詩騷之體」兩語，也在顯示郭璞與一般玄理詩的表現不同，但這種不同，還是詩與非詩的不同，為《南齊書》所本。

〔註25〕劉氏的評語見第一節，此處再徵引〈才略篇〉的評語：「景純艷逸，足冠中興，郊賦既穆穆以大觀，仙詩亦飄飄而凌雲矣。」

但遊仙之作，詞多慷慨，乖遠玄宗。其云：「奈何虎豹姿」，
又云：「戢翼棲榛梗」，乃是坎壈詠懷，非列仙之趣也。（《詩
品·中》）

〈詩品序〉把郭璞、劉琨比論，應從這裏善加理解。循著這個洞見而
來的影響，可分兩面說明。一是洞燭遊仙詩的幽微，而對郭璞有較深
刻的瞭解。一是在郭璞之外，也較深刻的看到其他組詩的內在層面。
這些批評，已是文學研究的普通常識，今分條如下：

（一）

1. 遊仙之作，明屬寄託之詞，如以列仙之趣求之，非其旨矣。（清·
陳祚明《采菽堂古詩選》卷十二）

2. 〈遊仙詩〉本有託而言，坎壈詠懷，其本旨也。（清·沈德潛《古
詩源》卷八）

3. 景純〈遊仙〉，當與屈子〈遠遊〉同旨，蓋自傷坎壈，不成匡濟，
寓旨懷生，用以寫鬱。（清·何焯《義門讀書記》）

4. 〈遊仙詩〉假棲遯之言，而激烈悲憤，自在言外，乃知識曲宜聽
其真也。（清末·劉熙載《藝概》卷二）

（二）

1. 太沖〈詠史〉，不必專詠一人，專詠一事，詠古人而己之性情俱
見，此千秋絕唱也，後惟明遠、太白能之。（沈德潛《古詩源》
卷七）

2. 〈詠史〉其實乃詠懷也。八首一氣揮灑，激昂頓挫，真是大才。
明切勁快，從公幹來，後鮑明遠亦此派。（何焯《義門讀書記》）

3. 太沖〈詠史〉，初非呆衍史事，特借史事以詠己之懷抱也。（張玉
穀《古詩賞析》）

4. 凡靖節退休之後，類多悼國傷時託諷之詞。然不欲顯斥，故以〈擬
古〉、〈雜詩〉名其篇云。（清·吳瞻泰《陶集彙注》引劉履之說）

5. 千秋以陶詩為閒適，乃不知其用意處。朱子亦僅謂〈詠荊軻〉
一篇露其本旨。自今觀之，〈飲酒〉、〈擬古〉、〈貧士〉、〈讀山海

經〉，何非此旨，但稍隱耳。（陳祚明《采菽堂古詩選》卷十三）

6. 〈擬古〉、〈雜詩〉，意更難測。……至於述酒、述史、〈讀山海經〉，
   本寄憤悲。（清·陳沆《詩比興箋》卷二）

這些批評，都著重在六朝時風之外的詠懷一面，把遊仙、詠史、擬古、雜詩等看成阮公〈詠懷〉的影子，有趣的是這些題目都採組詩形式，構成一幅六朝詠懷組詩形態分布圖。近代文學史受這些觀點影響甚大，見地相近。

1. （郭璞）遊仙詩，辭多慷慨，與阮籍〈詠懷〉、左思〈詠史〉同
   趣，變永嘉平淡之體。（曾毅《中國文學史》頁 125）

2. （左思）最好的詩篇是〈詠史〉詩，這和阮籍的〈詠懷詩〉，作
   風完全一致，實是兩晉的偉製。（施慎之《中國文學史講話》，頁
   4。）

   郭璞的〈遊仙詩〉也是詠懷之類，但是材料完全取自神話，爲遊
   仙文學放一大光明。（同上，頁 41）

3. 〈詠史〉八首實爲中古期內有數傑作。牠們名爲詠「史」，實即
   詠「懷」。（不著名氏《中國文學史簡編》，頁 49）

   郭璞的傑作當推〈遊仙詩十四首〉，不過我們要知道牠們並不是
   歌詠赤松、王喬，而實亦「詠懷」詩之流亞。六朝詩人常有「詠
   史」、「遊仙」、「擬古」、「雜詩」等題，內容則常常是感憤之辭。
   （同上，頁 49）

   陶潛〈擬古〉與〈雜詩〉乃是「詠懷」一流的詩。（同上，頁 52）

4. 左思的〈詠史詩〉並非專詠一人一事者，只是借歷史上的人物以
   抒己懷而已。（鄭振鐸《插圖本中國文學史》第十一章）

   璞的〈遊仙詩十四首〉，其情調甚類阮籍的〈詠懷〉。（同上，第
   十四章）

尋探至此，已有部份詠懷組詩出現在視野之內，足以作爲一個文學現象來探討了。

　　從邏輯觀點來說，詠懷組詩自是詠懷詩下的分類，分類標準明顯地在「成組成單」的最表層形式。為何詠懷篇單篇反不容易把握？其中原因有二：

1. 阮籍〈詠懷〉的組詩形式是個把握的重要導向，而六朝以組詩形式出現的作品，大都與阮公〈詠懷〉的性格具有類似點，以左思為論，則有性格上後三點的相近〔註 26〕。詠懷性格加上組詩形式，容易看出六朝詠懷的特色。

2. 成單的詠懷詩不易看出特色，不宜作為文學現象來討論，自然要跳上一層，以詠懷精神為現象討論的內在線索，但詠懷精神如何顯現，卻又常由詠懷組詩的性格，以及由此透視體認的人物情志加以解決。故阮籍、庾信的高格深情，由「詠懷」的組詩體現，其他亦同。

　　由此看來，近代一般文學史特別重視阮籍、左思、郭璞、陶淵明、鮑照、庾信等人，詠懷組詩是個重要的關鍵，而前人的批評，也早已提供這條研究的路線。兩漢詩運轉至六朝，隱然潛伏一條詠懷的傳統，這條傳統，若重新衡量詠懷組詩的重要性，是個文學史詮釋的最佳進路。本書將以「建立類型，推類至盡」的方法，理出六朝詠懷的演變及發展，並重新估量這一現象的意義及重要性。

　　觀名知義，詠懷組詩具有兩個條件：一是詠懷的實質。一是組詩的形式。就六朝現存的資料來看，屬於這一類型的詩重要的有：

曹植　　　〈雜詩〉六首

阮籍　　　〈詠懷詩〉八十二首

〔註 26〕王闓運評左思〈詠史〉其一曰：「太沖詩亦追險勁，而多托比興。」
《八代詩選》）王船山評〈詠史〉其六曰：「太沖一往全以結構養其深情，三國之降為西晉，文體大壞，古度古心不絕於來茲者，非太沖其焉歸。」（《古詩評選》卷四）兩評見比興與風骨與阮詩一脈。至於節中所引古今評左摘略，亦見性格上第二點的雷同。阮左相近，為批評上的常言，明‧胡應麟曾說「吾嘗以阮左者，漢魏之遺。」（《詩藪》外編，卷二六朝）並以阮左和潘陸對舉，以見六朝詩之兩系。

左思　　〈詠史詩〉八首

張協　　〈雜詩〉十首

郭璞　　〈遊仙詩〉十四首

陶潛　　〈歸園田居〉五首

　　　　〈飲酒〉二十首

　　　　〈擬古〉九首

　　　　〈雜詩〉十二首

　　　　〈讀山海經〉十三首

鮑照　　〈擬行路難〉十八首

　　　　〈擬古〉八首

庾信　　〈詠懷詩〉二十七首

這些組詩有的雖然不以詠懷爲題。其實就詠懷精神來說，是詠懷精神的一種表現。

　　爲何六朝有那麼多成組的詩？爲何這些組詩，成爲後代詩人模仿的對象？且具有獨特的風格？

　　除非把詠懷組詩視爲一個不僅特殊，而且重要的文學現象，視作六朝詠懷傳統的一種表現，否則無法正視它的意義，也無法從事完整周延的詩史詮釋。

　　中國詩史上有如此獨特的文學類型——以組詩形式呈現的詠懷詩，此一類型，涵有「詩人對生命、社會、時代所作的探討反省」之精神，與風花雪月、酬贈揄揚的詩類風格自別，在在傳達出人生的嚴肅性。這種類型，即建立於六朝，豈能不予重視！這是中國詩史上，實然存在的文學現象，而它的意義及重要性，不得不屬六朝最具有探討的價值。

第三節　詠懷精神與巧構形似之言

　　六朝詩史，不只是各種題材相沿互起的現象總合而已，在紛雜的

表象之內，眞正構成百代文學共同探索的中心主題，端在「詠懷精神」與「巧構形似之言」〔註27〕，而儷采聲韻的修辭討論，尚在廊廡之間，無關機密。

　　關於「詠懷精神」和「形似之言」的存在與表現，分別可從理論與歷史兩面照觀。由理論言，兩者涉及文學觀念及表現方式的關鍵問題；由歷史言，兩者實爲六朝詩之兩系的內在導向。一般文學史尚未深入到此討論，而本節試探卻要從一般認識再走進去。

　　「詠懷」和「形似」的詩論根據，一是周漢傳統諷諭比興的詩言志觀，一是六朝新創緣情體物的感物觀。這兩種詩之理念，分別地以人文社會、自然環境與人類生命的交感，作爲詩歌產生的基本因素。在人文情境產生的情志，與政治良窳、社會興衰的關聯性十分密切，而傳統士人的窮通出處，也粘附這一系統而生。因此詩裏所言的情志，往往是政治社會的批評或反映，而連及士人的自述懷抱和不遇之情〔註28〕。相反地，在自然情境引發的興懷，則與天地之美、山水之靈的玄思妙想相關聯。人生哀樂有時亦從四時代序、景物遷變的孤獨面對中緣境而生，因此詩裏所感的物情，往往是山川風物的靈思與美悟，而連及個人生命的春懷秋傷〔註29〕。這兩種詩之理念，分別以〈詩大序〉和《文心雕龍・物色篇》爲代表。表解如下：

情　┤
　　　人文之志（面對政治社會之感）——言志觀 → 詠懷精神
　　　（以詠懷組詩爲代表）

　　　自然之情（面對山川四時之感）——感物說 → 形似之言
　　　（以山水詩爲典範）

〔註27〕這一批評用語的出處，見於《詩品・上》評張協曰：「又巧構形似之言。」

〔註28〕有關詩言志觀的詳細討論，非本文重心所在。近代的專門研究，有朱自清《詩言志辨》一書，由開明書店印行。

〔註29〕感物說的詳盡說明，亦非本文許可。近人研究，以廖蔚卿〈從文學現象與文學思想的關係談六朝巧構形似之言的詩〉一文爲壓卷之作。收入中外文學社出版《中國古典文學論叢》冊一詩歌之部。

詠懷精神既以詩言志觀爲依歸，則人文的側重乃是當然要點，其表現方式不出傳統的「意含諷諭，詞兼比興」，把整個語言的藝術結構，視作人文情志的一種象徵或寄託。自然景物在此不是關注的焦點，比重甚低，只能附從感情的映照，而盡其喻意的陪襯作用。詩騷以下，草木鳥獸根本是言志造端，香草美人也全是象徵暗示。這一脈淵源，可從李善注阮詩語作個理會：

> 嗣宗身仕亂朝，常恐罹謗遇禍。因茲發詠，故每有憂生之嗟。雖志在刺譏，而文多隱避，百代之下，難以情測。

朱自清說：

> 「志在刺譏」是「諷」的傳統，但「常恐罹謗遇禍」，「每有憂生之嗟」，就都是一己的窮通出處了——雖然也是與政教息息相關的。詩題「詠懷」，其實換成「言志」也未嘗不可。（《詩言志辨》，頁35）

以這個理會作爲基點，則詠懷精神，其實也是言志傳統的一脈，由阮籍開出的詠懷類型，其內層仍是「政治社會的批評或反映，連及士人的自述懷抱和不遇之情」。沒有這股詠懷精神，六朝根本結晶不了詠懷組詩的類型，反之，詠懷精神亦得不到恰當的內在解釋。而如果硬從巧構形似和排偶聲律來解釋組詩的理論根據，不是削足適履，便是風馬牛不相及。

當然，以言志傳統的表現方式，在進入六朝的文學新環境中，不得不受當時新文學風氣的敷采潤色，這也是文學演變的正常情況。因此六朝的形似之言和藝術修辭，也在組詩創作中留下痕迹，但並不礙整個詠懷精神的轉移。

形似之言雖以感物說爲依歸，但是整個六朝的人物品鑑與玄理清談，傾向讚頌隱士高格和體認自然之無限，是總的大背景。自然世界在感物說裏引出人生哀樂，成爲美感觀照的焦點，這種自然的側重，一舉轉移比興傳統以景物爲陪襯的方式，而直接以「寫物圖貌，蔚似雕畫」（《文心雕龍・詮賦篇》語）爲表現重心，使得山川風物意象的

經營，在詩的藝術結構裏，占有顯著的成分。由此地說，形似之言，
具有客觀描畫自然的意味，而自然之美的領會，端賴鮮明新穎的意象
才能維持，「儷采百字之偶，爭價一句之奇；情必極貌以寫物，辭必
窮力而追新」（《文心雕龍‧明詩篇》語），亦是事有必至理所固然的
現象。不過形似之言，雖然重在以藝術語言呈現自然畫面，但六朝巧
構形似之言的詩，則是透過形似之言，完成一個「體物寫志」的藝術
結構，關於這點，廖蔚卿先生說：

> 所謂「巧構形似之言」，對於六朝詩而言，實際統攝了整體
> 結構上的三個要素：一是題材，即巧構形似的對象：以日
> 月、風雲、草木、山水等自然物色爲主。二是技巧，即巧
> 構形似的手法：密附、曲寫；這不僅指儷辭、奇句、新辭，
> 主要是指比興誇飾等描寫形容的修辭技巧。三是題旨，即
> 巧構形似的作用及目的：吟詠其志。因而，「巧構形似之言」
> 的詩，大抵以「體物」、「寫物」及「感物詠志」三要素組
> 合而成〔註30〕。

由形似之言完成的藝術結構，便是六朝在情景相融的文學表現上提出
的成果。鍾嶸評張協、謝靈運、顏延之、鮑照四位詩家，具備巧構形
似的特點〔註31〕，其實這是具有時代性的文學現象。「眞正說來，巧構
形似的詩風肇始於魏晉而盛於宋齊」，「其間的主要差別，僅在於魏晉
詩人以山川物色爲主要材料的詩僅是其作品之一部份，或在一首詩中
所佔份量較少，而宋齊以後的詩人之作品，大部份取材於山川自然，
且在一首詩中所占份量也較重；建安詩人如三曹、王、劉，太康名家
如二陸、潘、左，他們作品中體物寫志的詩篇，也並不遜於張謝顏鮑
的詩。鍾嶸對四家的評語，是就內容及形式上的特殊及偏重點立言，
故不曾將具有時代性的『巧構形似之言』對六朝詩人一概並論。」（廖

〔註30〕《中國古典文學論叢》，冊一，頁 40。
〔註31〕《詩品‧上》評張協：「文體華淨，……又巧構形似之言。」評謝靈
　　　　運：「雜有景陽之體，故尚巧似。」《詩品‧中》評顏延之：「尚巧似。」
　　　　評鮑照：「善製形狀寫物之詞，得景陽之諔詭。……然貴尚巧似。」

蔚卿語)。《文心雕龍·明詩篇》及〈物色篇〉都論述此一現象,說:

> 宋初文詠,體有因革,莊老告退,而山水方滋。儷采百字
> 之偶,爭價一句之奇。情必極貌以寫物,辭必窮力而追新,
> 此近世之所競也。(〈明詩篇〉)

> 自近代以來,文貴形似。窺情風景之上,鑽貌草木之中;
> 吟詠所發,志惟深遠,體物爲妙,功在密附。故巧言切狀,
> 如印之印泥,不加雕削,而曲寫毫芥。故能瞻言而見貌,
> 即字而知時也。(〈物色篇〉)

從魏晉發展到宋齊,形似之言才結晶爲山水詩的典型結構,成爲南朝
詩人挹取的淵泉﹝註32﹞。至於齊梁以下,形似對象擴展而爲妝奩簾
扇,燭燈管絃,乃至於人體的描繪,則是形似之言充分成熟後的演用,
這是習稱的「宮體詩」。

　　從意象表現的觀點看,形似之言顯然有追新逐奇的趨向,尋取具
有描繪力量的鮮明意象,必然會使形似之言和儷采聲韻的時風相逢互
會,結合一處。換句話說,形似之言,對於藝術修辭是無排拒性的。
因此,詩品評論巧似四家,張協是「調彩蔥蒨,音韻鏗鏘」,謝靈運
是「麗典新聲,絡繹奔會」,顏延之是「體裁綺密」,鮑照是「含茂先
之靡嫚」﹝註33﹞,顯見藝術特色和六朝時風並無重大距離。

　　如果把詠懷精神和「形似之言」視作對立兩流,向上尋探文學傳
統的淵源,那麼詩經的興觀群怨和自然界的草木鳥獸等形象,應是構
成詩的主要成分,但詩經並無兩系列對立的詩,這種對峙在先秦乃不
存在。兩漢賦篇,釐分兩系,一爲「感物造耑,材智深美」的賦,即

〔註32〕《文心雕龍·通變篇》云:「今才穎之士,刻意學文,多略漢篇,師
　　　　範宋集,雖古今備閱,然近附而遠疎矣。」〈詩品序〉云:「而師鮑
　　　　照,終不及『日中市朝滿』,學謝朓,劣得『黃鳥度青枝』。」《南齊
　　　　書·武陵王曄傳》云:「曄作短句詩,學謝靈運體。」可見齊梁間學
　　　　詩風氣。
〔註33〕《詩品·中》謂張華「其體華艷,興託不奇,巧用文字,務爲妍冶,
　　　　雖名高曩代,而疏亮之士,猶恨其兒女情多,風雲氣少。」此靡嫚
　　　　之徵。

一般所謂體物之賦；一爲「咸有惻隱古詩之義」的「賢人失志之賦」，即一股所謂抒情之賦〔註34〕，後者以賈誼爲代表，前者以司馬相如爲祭酒。這兩系不同精神風貌的賦，儼然是詠懷詩和巧構形似詩的前身。《漢書・藝文志・詩賦略序》曰：

> 大儒孫卿及楚臣屈原，離讒憂國，皆作賦以風，咸有惻隱古詩之義。其後宋玉唐勒。漢興，枚乘、司馬相如下及揚子雲，競爲侈麗閎衍之詞，沒其風諭之義。

事實上楚聲系統的辭賦〔註35〕，都是詠懷詩一脈的根源。而體物的賦，則予形似之言一類的詩，有多方面的啓示〔註36〕。沈約《宋書・謝靈運傳論》云：「相如工爲形似之言」，《文心雕龍・物色篇》曰：「近代以來，文貴形似」，可見要在詩裏經營鋪采摛文的形似之言，在宋齊之際，根本成爲有意識的行動，而辭賦的淵源，不可忽視。

詠懷、形似二者，形成六朝詩的主流。宋張戒以「言志」、「詠物」的批評詞語把這兩系分開，在《歲寒堂詩話》卷上第一則中說道：

> 建安陶阮以前詩，專以言志；潘陸以後詩，專以詠物，兼而有之者，李杜也。言志乃詩人之本意，詠物特詩人之餘事。古詩蘇李曹劉陶阮，本不期於詠物，而詠物之工，卓然天成，不可復及，其情眞，其味長，其氣勝，視三百篇幾于無愧，凡以得詩人之本意也。潘陸以後專意詠物，雕鐫刻鏤之工日以增，而詩人之本旨掃地盡矣〔註37〕。

這段文字，若從旨意善加理解，其實也就是說：

〔註34〕參見徐復觀〈西漢文學論略〉一文。《中國文學論集》，學生版，頁366。今人多以京都大賦和東漢抒情小賦對舉，以見兩系不同。

〔註35〕徐復觀言：「凡係批評性這一系列的文章，自宋玉以下，殆無不用楚辭體的賦，這在司馬相如表現得更是分明……批評性的文學動力，乃出於作者鬱勃悲憤的感情。」見《中國文學論集》，頁371。

〔註36〕王文進君曾分三點說明賦對詩歌形似手法之啓示：一、由比興用法之轉變觀其對方貌手法之革創。二、由排偶句法之力求觀其對擬物形式之影響。三、由鋪敍對象之具顯觀其對取景角度之拓展。見《論六朝詩中巧構形似之言》，師大國研所六十七年碩士論文，頁14～16。

〔註37〕見《歲寒堂詩話》，輯入《續歷代詩話》，藝文本，頁541。

1. 六朝詩有兩大主流，建安以至阮、陶，屬於詠懷一類。潘陸以下，屬於形似一類。

2. 詠懷乃是詩人的本意，形似只是詩人的餘事。有詠懷之本，自有形似之工；反之，專務形似之言，便喪失詩歌寄懷的本意。

細察張戒運用「言志」、「詠物」兩個詞語（即本文運用的「詠懷」、「形似」），不僅在於釐分詩系，而且含有價值判斷的本末之分。換句話說：他由言志、詠物的表現方式，再向上提昇到理論層次的探討，以屬於文學心靈的情思為本，屬於文學形式的技巧為末，本末雖是一貫的，但有始終先後之分，枝葉必待根本的滋養哺育，才能煥發充實美麗的光輝，而不知根本的滋養作用，一味追求枝葉的妍巧側艷，乃是捨本逐末。故張戒認為：「使後生只知用事押韻之為詩，而不知詠物之為工，言志之為本也，風雅至此掃地矣！」詠物之工，實從言志的體系而來。又說：「詩者，志之所之也，情動于中而形于言，豈專意于詠物哉。子建『明月照高樓，流光正徘徊』，本以言婦人清夜獨居愁思之切，非以詠月也，而後人詠月之句，雖極其工巧，終莫能及。淵明『狗吠深巷中，雞鳴桑樹顛』，本以言郊居閒適之趣，非以詠田園，而後人詠田園之句，雖極其工巧，終莫能及。故曰言之不足，故長言之，長言之不足，故詠嘆之，詠歎之不足，故不知手之舞之，足之蹈之，後人所謂『含不盡之意』者，此也。」本這種判斷，再回頭說明實際文學史的發展，便有「由本達末」及「重末輕本」二路，由言志傳統發展為六朝詠懷文學，是由本達末一路，「古詩蘇李曹劉陶阮，本不期于詠物，而詠物之工，卓然天成，不可復及，其情眞，其味長，其氣勝，視三百篇而無愧，凡以得詩人之本意也。」由形似之言結合排偶聲韻，是重末輕本的一途，「潘陸以後，專意詠物，雕鐫刻鏤之工日以增，而詩人之本旨掃地盡矣」，張氏把握文學發展的理路，深具見地。由此，再看第十則的文學史論和二系理據，語義便更明白：

國風離騷固不論，自漢魏以來，詩妙于子建，成于李杜，

而壞于蘇黃。余之此論，固未易爲俗人言也。……詩序云：
情動于中而形于言，言之不足，故嗟嘆之。子建李杜皆情
意有餘，洶湧而後發者也，劉勰云：因情造文，不爲文造
情。若他人之詩，皆爲文造情耳。沈約云：「相如工爲形似
之言，二班長于情理之說」，劉勰云：「情在詞外曰隱，狀
溢目前曰秀」，梅聖俞云：「含不盡之意，見於言外；狀難
寫之景，如在目前」，三人之論，其實一也〔註38〕。

這裏的「三人之論，其實一也」，甚爲吃緊。因爲這些理論，都是針
對「言志」、「詠物」，或「詠懷」、「形似」二系詩的表現而生，前人
批評或許只是不自覺的論及，而張戒則是涉及文學理論與表現方式，
有意識的理出它們的重心不同和相互間的關係。在義理的相通之處，
詞面雖有不同，意旨實無扞格。今將各家對六朝詩所用的評語，列表
比較如下：

沈　約	劉　勰	梅　聖　俞	張　戒	本　文
情理之說 形似之言	情在詞外曰隱 狀溢目前曰秀	含不盡之意，見於言外 狀難寫之景，如在目前	言志 詠物	詠懷 形似

另外必須特別注意的是，張戒並無輕忽詠物（形似）之意，而是在理
論上給予藝術表現的實際位置，這是有源有本的論斷，惜非本節討論
的重心，故不贅。

除張戒外，明·胡應麟《詩藪》亦分兩大類：

古詩浩繁，作者至眾，雖風格體裁，人以代異，支流原委，
譜系具存。炎劉之製，遠紹國風，曹劉之聲，近沿枚李。
陳思而下，諸體畢備，門户漸開。阮籍、左思，尚存其質。
陸機潘岳，首播其華。靈運之詞，淵源潘陸。明遠之步，
馳驟太沖。（內編卷二）〔註39〕

雖以質文分系，也和本節所討論的一致。

〔註38〕同上，頁548。
〔註39〕《詩藪》，正生本，頁22。

　　至於近人李直方研究阮籍〈詠懷〉，涉及六朝詩歌發展的探討，大致分為「寫志」與「體物」兩路，也是所見略同：

　　　　中古時代詩歌的發展，亦不出這兩路：循著「寫志」一路的，就是上面所說的雜詩、詠懷及遊仙一類的詩；至於「體物」一路的，則從謝靈運開始。這時候，「莊老告退，而山水方滋」，謝靈運以外，謝惠連、謝朓等詩人，都擅山水之作；而鮑照、謝朓二人，還開始詠物的創作。「體物」詩到了這時（宋、齊時代），堪稱極盛。降及梁陳，山水詩轉變而為荒淫綺靡的宮廷詩。從梁簡文帝到陳後主，大概一百年的時期，正是「宮體所傳，且變朝野」，「體物」詩歌可說到了墮落的田地。〔註40〕

　　總之，六朝詩可分為兩大系：詠懷精神的詩與巧構形似之言的詩。巧構形似之言與儷采聲韻的走向交織交融，難分彼我，而詠懷精神卻踽踽獨行在喧騰的時風之外，像是一股隱伏的潛流。後世提舉詠懷一系，貶抑形似一系，源於側重文學心靈的本質，或部分尊重古典詩教的傾向。詠懷精神的詩，由於與言志傳統相接，所以備受重視。然而當排開一切評價的色彩，對詠懷與形似作一詩史式的考察時，我們發現：詠懷與形似以其牽涉文學觀念及表現方式的關鍵性，在唐代近體的創建中，扮演著融鑄新體類風格的重要角色。

〔註40〕見李直方《漢魏六朝詩論稿》（香港龍門書店本）中〈阮籍詠懷詩論〉一文，頁94。李氏當時的考察，與本文極接近。

第二章　詠懷組詩產生的因緣

第一節　文學因緣概說

　　就一項結果逆測相關成因，藉以解釋宇宙事象的發生，這是人類最常運用的認知方式。這種常識認知，在科學中被建立為普遍律則，用以說明事象之間的關係，早成為科學方法的重要環節，並影響到文學研究 [註 1]（尤其是歷史研究）。詳考文學研究有關現象產生的解釋，十之八九不離因果的關係，如文學史對於各代各體文學成因的陳述，章目具在，不勞殫舉。究竟這種方法運用在文學研究中，具有多大的解釋能力，可能產生的極限為何，一般文學工作者甚少去尋繹；換句話說，缺乏方法的自覺。誠然，因果解釋能說明文學現象因何產生，具有極大的解釋能力，但是相關成因是否為人所能全盤掌握，這裏引出因果解釋的極限問題。人們借助因果律，指出某事與某事之間的因果關聯，是一回事，實際人們卻是無法周悉錯綜複雜的相關因素

〔註 1〕最顯著的例是泰恩（Hippolyte Adolphe Taine 1828~1893），他所開出的批評方式，把作家類比為自然界的生物，受種族，環境（分氣侯風土、政治事故以及社會狀況）與時代的影響，通稱「科學批評」或「歷史批評」。中國詩的箋釋傳統，與之類似，但缺乏嚴整的理論與方法的自覺。通常我們也稱箋釋傳統為「歷史批評」、「背景批評」或「本事批評」。

〔註2〕。因此，只能從有限而可以獲知的成因從事探討，期使事象之間的關係顯明，但是由於極限性的存在，全知的獨斷乃不必要。這裏必須以「不知爲不知」，懷抱一種謹愼的態度進行研究，才能有眞知的自覺，也才能有反省修正的機會，爲文學研究開出較爲穩健的方法。

在文學研究無法排開因果解釋的情形下，相關原因的研討，更要做細緻的探求。原因有主要、次要的分級，主要原因自是研究的優先關注。佛家四緣以因緣爲事象產生的主因，其他等無間緣、所緣緣、增上緣等都是助緣，屬輔助條件。此處我不擬討論佛家的緣生理論、三世因果，只就四緣可作文學現象成因的探討，稍作說明。因緣在佛家理論中，有種子親辦自果之義，因爲能生，果爲所生，故因於果兼具創生及決定二義，但因緣生果，因不孤起，有待眾緣和合而成。這種因果辨析，若運用於文學研究，則先要爲文學現象找出能生的主因，再找出有關的輔助條件。

文學現象憑依作家、文學傳統及存在環境而起，就輔助條件而說，不離文學傳統的孕育與外在環境（時代環境、社會環境、自然環境及個人處境）的影響，但尋索主因，必須訴諸作家的文學認知及生活意識，這是以上二者在作家身上成爲可知可感的綜合。作家的文學認知及生活意識是辯證性的，經驗的綜合，也是辯證性的，所以作爲現象主因，具有人類精神主動的回應性質。一般研究多注意背景的揭發，詳於外在環境的影響，而疏忽環境因素如何化爲作家的感知，成爲生活意識的一部分；也忽略文學傳統的孕育，如何化爲作家的文學認知。因爲文學傳統的孕育及外在環境的影響，只是作家共同承受的

〔註2〕 洪鎌德《思想及方法》一書舉車禍成因的了解爲例，說：「除非有人能夠在事先絕對精確細密的了解整個情況，以及已知所有的相關定律，否則車禍是無從加以預測的。遺憾的是實際上沒有人知道所有的相關事實與定律」（頁 142）。他的看法是現代科學哲學的共同認定。由於因果解釋存在的極限性質，自量子物理學家出現以後，許多科學家與科學的哲學家，已日漸放棄因果觀念在科學研究中的重要性，而改用函數觀念代替。

大背景，不足以說明相互之間感知的差異性，也不足以解釋超越環境的意識情態，而文學作品，則由作家的文學認知及生活意識產生，這裏是因果解釋的重要關鍵，注意及此，方能避免泛而不切的解釋。

詠懷組詩產生的因緣，依上述方法來看，自然先得追索詠懷詩人的文學認知及生活意識，此又憑依文學傳統及外在環境而起。由文學傳統的孕育看，切近的影響因素有：

甲、先秦兩漢的言志傳統。

乙、楚辭古詩的組詩形式。

言志傳統，又可分爲二端：詩言志的觀念及言志作品表現的文學精神。這一觀念和精神的潛移默化，使詠懷作家不期然的延續言志傳統。至於組詩形式，則是受〈九歌〉、〈九章〉與漢代古詩的影響，尤其與古詩的親緣更爲切近，下開六朝詩的途徑，也是事實具在。這兩因素構成六朝詠懷組詩主要的因緣。

然而詠懷的眞正動機與內容來自生活意識，生活意識是個人「理想透過實踐所激出的情感」（李辰冬先生語），實踐的場合，是外在的環境，故外在環境的刺激，會通過感受而介入作家的意識，阮詩其七十是個很好的例證，他說：「苟非嬰網苦，何必萬里畿。」存在情境的危難險巇，使人產生羅網似的壓迫感，這種壓迫感使詩人精神苦悶，鎮日懼慮，而試圖謀求精神的出路。「嬰網苦」是因個人的理性情感不能認同於時代風氣與政治人物，「萬里畿」則是精神上所欲尋求的超解。其中過程顯示意識在環境制約外的辯證發展。然而「網」使人「苦」，阮籍也把環境視爲重要的刺激因素。由外在環境的影響看，切近的因素有：

甲、政治紛亂與名士殺戮的危機。

乙、九品官人與社會風氣的反省。

前者阮籍、張協、郭璞、鮑照、庾信等均深有感受，後者則阮籍、左思、張協、郭璞、陶潛、鮑照等均有反省。這些際遇引發他們的不遇之感、無成之歎，而更反照自身的理想，進而對現實社會有所批判。

這種鬱勃悲憤的情懷，正是寫詠懷詩的動機及內容之所繫，也是詠懷不已於言的所在。

詠懷作家就在各面的制約條件下，表現文學的認知及生活意識的反映，當鬱情難抑止之時，寫下成組的詩篇，以反映當時詩人的心境和追求的理想。

第二節　先秦兩漢言志傳統的承繼

近人李直方氏研究漢魏六朝詩，曾將魏晉時期的詩歌視爲「寫志」一類，以正始詩人阮籍〈詠懷〉作爲顯例，並且認爲中古詩歌的雜詩、詠懷及遊仙，都是循著「寫志」一路發展，沿承著以往詩以言志的文學傳統。他甚至說：「在中國詩史上，我們可稱這時代爲『寫志』——也就是『詠懷』的時代。」〔註3〕這種把「言志」和「詠懷」視爲一脈相承的看法，正顯示六朝詠懷組詩的產生，在文學精神上是承繼先秦兩漢言志的傳統。言志的傳統包涵兩方面：一爲文學觀念：即詩言志的觀念。一爲實際創作：即先秦兩漢的文學作品，如《詩經》、《楚辭》、漢賦、樂府、古詩等。因此細察其中影響的痕迹，宜分兩面進行。並須特別注意這一六朝詩歌共同孕育的大傳統，究竟如何化爲詠懷詩人的文學認知，對組詩的詠懷實質產生作用。

先從文學觀念的影響說起。

「詩言志」，首見於《尙書・堯典》〔註4〕，次見於《左傳・襄公廿七年》〔註5〕，東周典籍又有許多意思相類的陳述，可看出當時人對詩的共同認識。這種認識亦分別見於社會文化的各個層面，如堯

〔註3〕此處引述的意旨及文句，均見李著《漢魏六朝詩論稿》，頁73～75。
〔註4〕《今文尙書・堯典》記載舜命夔典樂教胄子，言及「詩言志，歌永言，聲依永，律和聲。」這裏作爲配樂歌辭的「詩」，指三代以上的詩，不是春秋戰國時代所指陳的《詩經》（西漢才有的稱呼）裏的詩。
〔註5〕《左傳・襄公廿七年》記載趙孟請七子賦詩，其後文子告訴叔向的話有「詩以言志」一語。這裏賦誦的「詩」，是《詩經》的詩。

舜以至西周，詩樂列爲政教掌理的一個部門，注重其宣導情志，進而培養德行的功能。如戰國盛行的列國外交賦詩言志的風氣，賦詩以言諸侯之志或一國之志。又如儒家的文學教育，注重詩志的無邪，以及倫理意旨的領悟﹝註6﹞。在這種文化背景的浸潤下，言志詩觀的共同認識，偏向於「志」的道德理想性與社會現實性，以關切人類世界政治教化的情思，作爲創作論的核心。文學詮釋，亦向此一觀念轉移。

　　兩漢說詩，依然承此觀念，同時把這觀念加以發展並予以確立。漢初論詩，多申言志之說﹝註7﹞，可以〈詩大序〉爲代表。大序奠立詩的理論，開章明義即闡明詩的心理根源──情志。「詩者‧志之所之也。在心爲志，發言爲詩。情動於中而形於言。」進一步認爲詩是時世的反映和批評：「治世之音安以樂，其政和。亂世之音怨以怒，其政乖；亡國之音哀以思，其民困。」「至於王道衰，禮義廢，政教失，國異政，家殊俗，而變風變雅作矣。」且肯定詩具有社會倫理的功能：「故正得失，動天地，感鬼神，莫近於詩。先王以是經夫婦，成孝敬，厚人倫，美教化，移風俗。」整個詩論的中心不出「王道盛衰，作詩美刺」，理想性與社會性特爲顯明，言志詩觀至此確立。至於漢代說詩的方向，處處爲《詩經》尋找在人文社會激發的情志與本事﹝註8﹞，更顯示具有理想性與社會性的詩人之志，在詩的創作與詮釋中的重要意義。受言志詩觀的熏染，詩歌表現對人世的關懷之情，早已融入詠懷詩人的文學認知，詠懷組詩均是面對自我以及時代社會的沈思反省，而不是風雲月露的美感體悟，更不以浮華纂組的綺靡做爲重點，只有人文情志才是他們作品的全幅底蘊。

﹝註6﹞ 此處資料牽涉《尚書》、《左傳》、《論語》、《周禮》等，均從省略。
　　　關於詩言志觀及詩教的形成，筆者將從文化史觀點另作詳盡探討。

﹝註7﹞ 如《陸賈新語‧慎微篇》云：「故隱之則爲道，布之則爲詩，在心爲志，出口爲辭。」《賈子新書‧道德說》云：「詩者志德之理而明其指，令人緣之以自成也，故曰詩志此之志者也。」

﹝註8﹞ 如《毛詩序》、《韓詩外傳》、《詩譜》的說詩方式，雖然不免穿鑿附會，但整體來看，卻也顯示某種意義。

　　由於存在處境的情志激盪，才有言之不足成組出現的組詩，它們的性格正如〈詩大序〉所謂的「變風變雅」。如阮籍〈詠懷〉，極寫宗國將亡的抑鬱，陶潛的〈擬古〉及〈雜詩〉，亦爲「悼國傷時託諷之詞」（劉履語），追踪他們的詩觀，不離言志的主導，而這一主導性的觀念，則是源於緜長的言志傳統的孕育。

　　其次，受先秦兩漢文學作品的影響。

　　漢人把握《詩經》、《楚辭》的文學精神，大致認爲是言志詩觀的具體表現。這種看法，使詩騷對後代的影響趨向內在。《詩經》著重王道盛衰的美刺諷頌，以〈詩大序〉的理論爲代表；《楚辭》著重個人放逐的憤怨與對亂朝的婉諷，以王逸〈楚辭章句序〉的理論爲代表。《詩經》的言志諷諭（註9），固不待言，《楚辭》的「遭憂作辭」（班固〈離騷贊序〉），開啓個人性的抒志怨嘆，在在見於漢人的解釋與批評，且更明顯地影響到漢賦。淮南王〈離騷傳序〉云：「國風好色而不淫，小雅怨誹而不亂，若離騷者可謂兼之。……推此志雖與日月爭光可也。」司馬遷的〈屈原賈生列傳〉，也一再點明屈原之志（註10）。而太史公的〈報任少卿書〉，又從賢人失志來體會詩騷（註11），認爲「此人皆意有鬱結，不得通其道，故述往事，思來者。」班固〈離騷贊序〉，王逸〈楚辭章句序〉，同一微旨。這種「怨誹不亂」的文學精神，正與詠懷精神一脈相沿。

　　詠懷組詩的哀怨感憤與諷刺微茫，正是詩騷精神的再現。鍾嶸謂阮籍〈詠懷〉源出小雅，王船山認爲「遠紹國風，近出於十九首」，

〔註9〕　〈詩大序〉曰：「至於王道廢，禮義衰，政教失，國異政，家殊俗，而變風變雅作矣。國史明夫得失之迹，傷人倫之廢，哀刑政之苛，吟詠情性，以風其上，達於事變而懷其舊俗也。」國史一辭，兼有採詩者、作者兩重身份。

〔註10〕　司馬遷云：「余讀〈離騷〉、〈天問〉、〈招魂〉、〈哀郢〉，悲其志。」又稱〈離騷〉「一篇之中，三致志焉。」又謂屈子「其志潔，故其稱物芳。」

〔註11〕　〈報任少卿書〉：「屈原放逐，乃有〈離騷〉。」又「《詩》三百篇，大抵聖賢發憤之所爲作也。」

陳祚明、何焯謂阮公源出於騷，方東樹則曰：「愚謂騷與小雅，特支體不同耳。其憫時病俗，憂傷之情，豈有二哉（按：即從文學精神的大處把握，本無不同）！阮公之時與世，真小雅之時與世也。其心則屈子之心也。以為騷以為小雅，皆無不可。而其文之宏放高邁，沈痛幽深，則於騷雅皆近之。」(《昭昧詹言》) 其實不只阮籍，詠懷詩人都具有詩騷的文學認知，也都展現相類的文學精神。誠如方東樹所言「其憫時病俗，憂傷之情，豈有二哉！」

《楚辭》在漢代文學中，發生鉅大的影響，劉勰所謂「爰自漢室，迄至成哀，雖世漸百齡，辭人九變，而大抵所歸，祖述楚辭，靈均餘影，於是乎在。」(《文心雕龍·時序篇》)《楚辭》的影響，雖然可分精神與形式兩方面，而精神層面的影響特別值得重視。分析其原因：一方面固然是因為出身豐沛的政治集團，特別喜歡「楚聲」，而不斷加以提倡。另一方的更大原因，乃是當時的知識份子，以屈原的「信而見疑，忠而被謗，能無怨乎」的內心「怨」憤，象徵著他們自身的「怨」；以屈原的「懷石遂自投汨羅以死」的悲劇命運，象徵著他們自身的命運〔註12〕。劉向編集屈、宋、景差、賈誼、淮南小山、東方朔、嚴忌、王褒以迄他自己的這類批評性的文章，為《楚辭》十六卷，蓋在劉向的心目中，實以這一系列的文章為西漢文學的骨幹〔註13〕。而《楚辭》一系的反覆怨歎，亦正抒吐兩漢知識分子鬱勃悲憤的感情。

漢賦的形成，受屈原《楚辭》的影響，另一方面又受荀賦的影響，荀賦〈佹詩〉云：「天下不治，請陳佹詩。」同是言志諷諭傳統的流派。班固以為「春秋之後，周道寖壞。聘問歌詠，不行於列國。學詩之士，逸在布衣，而賢人失志之賦作矣。大儒孫卿及楚臣屈原，

〔註12〕徐復觀〈兩漢知識份子對專制政治的壓力感〉一文，論及〈離騷〉在漢代文學中的鉅大影響，提及這兩點原因。見《周秦漢政治社會結構之研究》（學生本），頁284。

〔註13〕徐復觀〈西漢學論略〉一文，探討漢賦內容的兩條路線，論及楚辭一系可以具見西漢知識分子的裡層心靈。見《中國文學論集》，頁37。

離讒憂國，皆作賦以風，咸有惻隱古詩之義」（《漢書・藝文志・詩賦略序》），變風變雅和屈騷荀賦，在「賢人失志」的精神上，顯見同流。

班固漢志分賦爲四類，屈原以下二十家爲一類，陸賈以下廿一家爲一類，荀卿以下廿五家爲一類，客主賦以下十二家爲一類。除去一般所謂貴遊文學的供奉之賦，亦即「競爲侈麗閎衍之詞，沒其諷諭之義」（〈詩賦略序〉語）的「辭人之賦」（揚雄語）外，漢賦的不遇之懷和對人世存有的焦慮，豁然可見。近人劉師培〈論文雜記〉分賦爲三系：寫懷之賦、騁詞之賦、闡理之賦，其中「幽思深遠，以遂一己之中情」的「寫懷之賦」（指屈原以下二十家），明屬言志傳統，其中內容「完全以表達自己生命的意向爲鵠的，他們所關心的，已不是辭賦的文字，而是自己內心之掙扎與外在諸種遭遇的根本理由，以及這些遭遇疏通化解的途徑」〔註 14〕，個人的出處與時命的思索，在賦中成爲關注的核心。威爾惠爾（Helmut Wilhel）論賦，曾以士不遇的挫折感來把握這系精神〔註 15〕，確有洞見，詠懷組詩普遍存有士不遇的基調（詳述見第四章），這是士人之詩的精神傳統。陶潛繼董仲舒的〈士不遇賦〉，司馬遷的〈悲士不遇賦〉，而作〈感士不遇賦〉，序云：「自眞風告逝，大僞斯興，閭閻懈廉退之節，市朝驅易進之心，懷正志道之士，或潛玉於當年；潔己清操之人，或沒世以徒勤。故夷皓有安歸之歎，三閭發已矣之哀。悲夫！寓形百年，而瞬息已盡，立行之難，而一城莫賞，此古人所以染翰慷慨，屢伸而不能已者也。」漢代賦篇的抒情寫志，在文學精神上

────────────────

〔註 14〕見吳炎塗〈漢賦的性情與結構〉一文，《鵝湖月刊》第二十五期。
〔註 15〕見威爾惠爾〈學者的挫折感：論「賦」的一種型式〉一文，他說：
　　　　我願意在這裏討論賦的一種型式，可以稱之爲「學者的挫折感」。這一類的賦，稍後的篇章都題爲〈士不遇賦〉。這個題目來自現存一篇最早的賦，由荀卿所作，它本身就是一篇顯現挫折感的賦，文中荀卿說到孔子「郁郁乎其遇時之不祥也」，因此這一句「時不遇」即成爲後日這一類賦的標題。威氏之文收入《中國思想與制度論集》（聯經本），由劉紉尼翻譯。

影響詠懷詩人，由此可知。自賈誼的〈弔屈原賦〉、〈鵬鳥賦〉以下，到張衡的〈歸田賦〉、〈思玄賦〉，趙壹的〈刺世疾邪賦〉，其精神、內容，不難見於詠懷組詩。詠懷詩人均能深切體會漢代專制制度下知識份子的壓力感，並發覺世俗是非的顛倒，個人壯志無成的鬱情，組詩的心聲，淵明上面的序裏已揭露無遺。

　　漢代樂府與古詩，對於詠懷組詩的影響，在詩類及歷史的親緣較近，而古詩的影響更大。樂府詩的精神，在「感於哀樂，緣事而發」（班固語），不僅歌詠男女情愛，而且反映現實。兩漢民間樂府及文人樂府，大大影響六朝樂府詩的創作，也影響五言詩的發展。古詩受樂府精神的影響，而更影響詠懷組詩。後世論古詩，大都只論《文選》的〈古詩十九首〉，其實六朝所見組詩數量應當更多，《詩品》說：「雖多哀怨，頗為總雜。」古詩內容，略如沈德潛論十九首所云：「大率逐臣棄婦，朋友闊絕，遊子他鄉，死生新故之感。」（《說詩晬語》）前三類有時被領略成君臣遇合的比興之作〔註16〕，後一類則具激憤與頹放色彩。詠懷組詩特多死生新故的感慨，這有時世遭遇及思想的背景，但從文學認知來說，古詩的精神、內容對詠懷詩人也非毫無影響。清·宋犖云：「阮嗣宗〈詠懷〉、陳子昂〈感遇〉、李太白〈古風〉、韋蘇州〈擬古〉，皆得十九首遺意。」（《漫堂說詩》）其實，除了阮詩之外，六朝的其他詠懷組詩，也都「得古詩遺意」。

　　除此之外，六朝詠懷的前後影響，也是明白存在的事實。尤其阮籍，沾溉六朝非淺。左思的〈詠史〉，郭璞的〈遊仙〉，陶潛的〈雜詩〉、〈擬古〉，都是走阮籍的道路。庾信的〈詠懷詩〉，顯是繼承阮

〔註16〕比興託喻本是言志傳統常見的表現方式，六朝人從此體會古詩，視古詩的夫妻之情為君臣遇合，也是常情。五臣注文選，已點明其中的託喻。後人多持這種看法，元·楊載《詩法家數》云：「古人凡欲諷諫，多借此以喻彼；臣不得於君，多借妻以思其夫。或託物陳喻，以通其意。但觀漢魏古詩及前輩所作，可見未嘗有無為而作者。」這種體會根本源於文人感事陳辭的寫作經驗，文學淵源則遠源屈騷荀賦及漢人說詩的比興作用。

籍的精神。

　　總之：六朝的詠懷詩，底子受言志傳統的影響。這種影響是自然的孕育，不必細碎地推測某篇學自某篇，某種意象被沿襲使用。不同時代的落拓處境，都會使詩人深入認知文學傳統的精神層面，如楚騷的美刺，漢賦的感遇，古詩的生命短暫之思，而新舊意象在新的經驗裏自能統一。

第三節　楚辭古詩對組詩形式的影響

　　楚辭、古詩的組詩形式，在文學史上，並無專門的討論，依傳統詩評，成組的作品往往被視為單篇看待，這種現象特別見於評選。只有在詠懷組詩的比論及源流說明時〔註17〕，方才隱含組詩形式的意義，但依然缺乏正面的重視。誠然，組詩形式並無藝術表現的重要性，但在說明組詩現象的形成時，卻是值得注意的。

　　在六朝以前，只有楚辭、古詩具有組詩的形式，但是這種形式與詠懷組詩是否具有關係，則是問題。一種答案是完全無關，則組詩的形式，只是偶然而互不相干的現象。一種答案是有若干牽連，則牽連之處又何在？

　　屈原作品有〈九歌〉、〈九章〉，應屬於組詩的形式。其後，繼作有宋玉〈九辯〉、東方朔〈七諫〉、王褒〈九懷〉、劉向〈九嘆〉、王逸〈九思〉。這些作品都具詠懷的實質，而後世模仿的作品，都注意到屈作的組詩形式，進行類型的模擬，可見這一形式，在他們的文學認知中具有意義。由此可以推知：組詩形式並非全是偶然而互不相干的現象。推究其成因，固然有音樂方面的影響〔註18〕，但主要是因為屈

〔註17〕比論如胡震亨云：「太白〈古風〉，其篇富于子昂之〈感遇〉，儉于嗣宗之〈詠懷〉。」（《李詩通》）；源流的說明如僧皎然云：「子昂〈感遇〉，其源出於阮公〈詠懷〉。」（《詩式》）

〔註18〕〈九歌〉、〈九章〉的「九」，依洪興祖補注是「取簫韶九成，啟九辯九歌之義」，這一說法已成通說。

原「痛君不明，國將危亡，忠誠之情，懷不能已」（班固語），反覆的抒吐中情，而有成組的作品。這種形式，能成為模擬的對象，當然也包涵組詩成因的認識。

詠懷詩人雖有不同的遭際，但「懷不能已」，則與屈原並無二致。依〈九歌〉、〈九章〉以及擬作的認識，再走上組詩的道路，不無可能。楚辭體過渡到五言詩體，並不阻礙組詩形式的仿傚。不過這一影響痕迹甚微，只能提供參考，建立不起必然的關連性。

在楚辭的〈九歌〉、〈九章〉之外，古詩可能在組詩形式上具有更大的影響。

漢代古詩都是無題之作，看成一類，視為成組，那是常事。鍾嶸把十四首視為一組，昭明選十九首為一組，徐陵選八首為一組，又枚乘九首為一組，都是將古詩以「組」的單位來看待。古詩不是一人的作品，但具有詠懷實質，則無異議，以組詩形式出現在詠懷詩人的心目中，自然也會產生影響。建安時代已多組詩，尤其常見的是雜詩，孔融、阮瑀、曹丕各有二首，王粲四首（外又一首），曹植六首（外又一首），則詠懷組詩，更是有例可循。從詩類來說，詠懷組詩和古詩又具有五言的直系親緣，產生影響最為自然不過了。我們不知建安以前古詩的實際情形如何，如果原有組詩的形式，則建安時代的形式模仿，以及六朝詠懷的形式，當可得到更為明確肯定的解釋。胡應麟云：「子建雜詩，全法十九首意象。」（《詩藪》內編卷二）這種看法如果解釋為組詩的關連，也可以成立。

除了楚辭、古詩的影響外，六朝間前後的影響也是存在的。阮籍詠懷從曹植雜詩來，胡應麟即認為「南國有佳人等篇，嗣宗諸作之祖」（《詩藪》內編卷二）〔註19〕，阮詩又影響左思、郭璞、陶潛、庾信，

〔註19〕李直方研究阮籍〈詠懷詩〉，依胡氏之言進一步比較，舉出曹植〈雜詩〉除第三首「西北有織婦」外，其餘五首都能從阮詩中找出相近篇章，而確立此一關係。他說：「這些『情兼雅怨』的連章詩，（按：此語有誤，實不連章），實在是阮籍〈詠懷〉的先路。」「〈雜詩〉與〈詠懷〉的關係，於此可見。」

影響的痕跡，也日益顯明。這種影響，對後代更形清楚。唐人各種詠懷組詩的類型，明顯地受古詩十九首（從文選後，「十九首」一語才有詩評的確定意義）以至六朝詠懷的影響。從實際作品及唐代以還的相關詩評，可得到詳細的證明。

第四節　政治紛亂及名士殺戮的危機

六朝四百餘年，更換四十七位君主，立朝之短與在位之暫（平均每人九年），都可窺知政治的紛亂，而這一時代的亂象，又迴非其他時代可比。除了昏君姦臣以及胡漢問題造成的八王之亂、永嘉之禍外，武將的奪權和篡位，幾乎是貫穿首尾，形成六朝歷史的基本旋律。曹魏篡漢，司馬篡魏，既以得位不正而立下榜樣，於是南朝四代相繼篡立，成司空見慣的現象。存在各朝之內，又有叛亂奪權的情事，如魏有曹氏、司馬氏的奪權鬥爭，晉有王敦、蘇峻、桓溫、桓玄的野心叛亂。至於宋齊特多荒亂之君，宗室相殺，無復倫理。相應這些動盪而來的，是慘酷的殺戮之風。名士詩人的命運，有如霜威下的枯草。王世貞文章九命第八「無終」，曾列出這時代慘死的人物（《藝苑卮言》卷八）。其中如何晏、嵇康、張華、潘岳、陸機、郭璞、殷仲文、謝混、謝靈運、鮑照、謝朓、王融等，都是各時代的重要詩人。處在這種時代，無怪詩人經常惴惴朝不保夕，而且感覺此一人世形同網羅似的壓迫〔註20〕。《晉書》即特別指出「天下多故，名士少有全者」，對阮籍（代表六朝詩人）意識的重大衝擊。「政治紛亂，殺戮不止，讀

〔註20〕六朝重要作家，都存有對網羅的憂懼。阮籍云：「天網彌四野，六翮掩不舒」，又云：「苟非嬰網苦，何必萬里畿」（〈詠懷詩〉）。嵇康云：「雲網塞四區，高羅正參差」（〈贈秀才入軍〉）。郭璞云：「進則保龍見，退爲觸藩羝」（〈遊仙其一〉）。鮑照云：「高飛畏鴟鳶，下飛畏網羅」（〈代空城雀〉）。謝朓云：「常恐鷹隼擊，時菊委嚴霜。寄言罻羅者，寥廓已高翔」（〈暫使下都夜發新林至京邑贈西府同僚〉）。網羅象徵虛僞嫉害、危險動亂的人事環境，這種環境屢屢使詩人產生極度的焦慮。

書人士既沒有革命的武力，為保全性命，自然會走到老莊的路上去，談玄說理，隱名避世，是必然的趨勢。」〔註21〕

今將各時代詩人的遭遇與感觸，分述於下：

曹植之時，魏無動亂，但曹丕的猜忌，卻時有加罪於曹植的可能。曹丕即位，既誅除曹植的黨羽丁儀、丁廙，又嚴防眾弟的同謀篡位，南北徙封，繼又毒殺其弟曹彰，曹植靠母親的哭泣而免。明帝雖對曹植的壓迫稍減，但保持疏遠，遷徙照常。「十一年中而三徙都，常汲汲無歡」（《三國志·陳思王傳》），這種處境，使他感覺自己的命運和「轉蓬」類似〔註22〕，詩中充滿了失意和感慨。

曹馬爭權，這是阮籍所處的艱難環境。在爭權的派系糾紛之中，知識份子必須表明政治立場。司馬氏奪權勝利，族誅曹爽、何晏、夏侯玄以後，原本附魏的高門大族，在這時轉附司馬氏的很多，顧念舊國之義的士人，命運岌岌可危，尤其素有高名如阮、嵇，更成為依附司馬氏之偽儒嫉害的對象〔註23〕。與魏姻戚的嵇康，隱居避世，堅不仕魏，而又喜怒不形於色，持身可謂謹慎。但鍾會記恨嵇康的卑視，竟然不顧呂安案的天理國法，以「欲助毋丘儉」和「言論放蕩，非毀典謨」加以論罪，構成當時一大冤獄，可見當時文人處境艱危的一斑〔註24〕。籍父阮瑀為魏丞相掾，幼時所受薰染，多受魏初名宿的影響，

〔註21〕見劉大杰《魏晉思想論》（中華本），頁14。這裏所謂的「殺戮不止」與「老莊之路」，並非存有必然的關係，但某些讀書人確是為政治殺戮，遁而走入與現實較無緊張關係的形上學裏，或隱居起來。

〔註22〕見樂府〈吁嗟篇〉及〈雜詩其二〉。

〔註23〕當時有良心的知識份子，大抵卑視何曾、賈充、鍾會一流人的無格，阮、嵇雖然口不臧否人物，但對這流人不理不睬，更增其恨。何曾、鍾會必欲除阮、嵇而後快，藉口禮法而欲加陷害，見於干寶《晉記》、《魏氏春秋》（《世說新語》注引）、《世說新語·任誕篇》及《晉書》的記載。入晉之後，詆訶附魏的王、何、阮、嵇，貶抑其高名，成為這羣禮法之士的家常便飯，以減輕附魏轉馬、佞諛取位，來自士流清評的心理壓力。這是曹馬爭權的思想心理戰，在當時形成一股評論潮流。

〔註24〕嵇康喜怒不形於色及鍾會記恨陷害事，參見《世說新語·德行篇》（又

衷心向魏，不言可喻〔註25〕。在政權轉移之際，籍採取敷衍的態度，口談清言，絕不批評政治人物，爲嵇康、司馬昭稱爲至愼，然卻「爲文俗之士何曾等深所讎疾」（《魏氏春秋》語），幸賴司馬昭「愛其通偉，而不加害」（同上）〔註26〕。這種岌危的處境，自使阮公萬感交集。對於僞儒的逢迎詐僞，毫無愧恥的行爲，深所痛惡，同時又感慣壯志無成，隨時有喪命的可能。阮詩「百年何足言，但苦怨與讎」（其七七），「但畏工言子，稱我三江旁」（其廿五），「但恐須臾間，魂氣隨風飄，終身履薄冰，誰知我心焦」（其三三），可見外在環境在他心中引生的憂懼煎熬，這就是阮公「須酒澆」的壘塊〔註27〕，並時時感覺生命走到盡頭的途窮之慟〔註28〕。阮公既有託而逃於竹林之遊〔註29〕，復又尋求精神上的達觀超解，激盪不平的憤激與衝向洪荒的嚮往〔註30〕，遂成爲意識上明顯的兩極。

注所引康別傳）、〈文學篇〉、〈簡傲篇〉、與《晉書》本傳。鍾會陷害的罪名，移諸竹林七賢（除山濤、王戎外）任何一人均可，但嵇康高名特爲僞儒所忌，即使不問世事，持身謹愼，終難逃一死，成爲曹馬爭權下悲劇性的犧牲品。大部份人以爲康非薄湯武，與魏姻戚，爲司馬氏所不容，這不是最根本的原因。阮籍非薄湯武，衷心向魏，何以不誅，其中原因值得玩味。

〔註25〕 參考朱偰〈阮籍詠懷詩之研究〉一文，見《東方雜誌》第四十一卷第十一號。

〔註26〕 阮籍諸事參見嵇康〈與山巨源絕交書〉，干寶《晉記》、《魏氏春秋》，《世說新語》〈德行篇〉、〈任誕篇〉，以及《晉書》本傳。各書都強調阮籍靠司馬昭的保護，得以保全性命，否則亦難逃一死。如嵇康云：「至爲禮法之士所繩，疾之若讎，幸賴大將軍保持之耳。」

〔註27〕 《世說新語‧任誕篇》記王大曰：「阮籍胸中壘塊，故須酒澆之。」

〔註28〕 參見《魏氏春秋》（《世說新語‧棲逸篇》注引）及《晉書》本傳。《晉書》云：「時率意獨駕，不由徑路，車迹所窮，輒慟哭而反。」

〔註29〕 竹林之遊原是漢末名流隱士之風的延續，後來成爲阮籍有託而逃的生活方式之一。其中消息，可自阮公不允其子渾的「作達」看出。參見《世說新語‧任誕篇》及《晉書》本傳。

〔註30〕 阮籍的遊仙追求，並非眞正信仰神仙世界的存在，只是以此象喻一個超乎禮法狹限的廣大宇宙，近人牟宗三以「衝向洪荒」，把握阮籍乃至魏晉時名士文人的精神，見解深到，這裏借用其語。參見牟著《才性與玄理》（香港人生出版社本），頁292。

西晉八王之亂，太康詩人張華、潘、陸均遇難。至於張協，《晉書》明言「于時天下已亂，所在寇盜，協遂棄絕人事，屏居草澤」，時代的動盪，激起他心靈的反省，所以永嘉初葉，復徵爲黃門侍郎，便託疾不就。政治的紛亂，也留影在他的詩中。

東晉，長江上下游的軍事對壘，一直是不能解決的緊張局勢。上游（荊州）的置下重兵，原爲抵禦胡人侵略，而由於朝廷內部的猜忌不和，反成爲牽制京師的主要力量。具有野心的王敦、桓溫姑且不論，即連老成謀國的庾亮置守上游，也是受到多方的猜忌，叛反連連，也是事有必至。在這種緊張矛盾的關係中，郭璞便是一個悲劇性的犧牲者。郭璞長於卜算，洞燭朝廷與王敦之間的矛盾，然而以王氏脅爲記室參軍的關係，無法脫身。王氏兵駐于湖（姑孰），璞常返京與明帝、溫嶠、庾亮等接觸，致起疑心。心存輔國而時世不濟，璞早知壽命之不長。《晉書》本傳記載璞的痛哭嗣祖（王敦的部將陳述），其實就是爲自己的命運悲哀。遊仙詩的坎壈詠懷，證明此時心靈的苦悶和憂懼。

鮑照有感於劉宋宗室的互相殘殺〔註31〕，這種感受雖然不能由《宋書》本傳（附在〈臨川武烈王傳〉）得知，但是〈擬行路難〉「詩中惻愴於杜鵑古帝之魂，往日至尊之語」（陳沆語），確是有關政局的感慨。

至於庾信，身遭亡國流離的慘痛，羈留北周，「雖位望通顯，常作鄉關之思」（《北史・庾信傳》語）。〈哀江南賦〉序云：「信年始二毛（時年卅六），即逢喪亂，藐是流離，至於暮齒，燕歌遠別，悲不自勝；楚老相逢，泣將何及」，這種喪亂流離的感情，即是詠懷詩的核心。

由上觀之，詠懷作家皆非鄉愿苟且者流，如傅玄所謂的「逆畏以

〔註31〕劉宋宗室互相殘殺事，可參閱趙翼《二十二史劄記》，宋子孫屠戮之慘條。若以鮑照卒於明帝泰始二年，則明帝以前，武帝七子，文帝十九子，孝武帝二十八子，大抵不得其死，且亦無後，鮑照身丁其時，有志用世，不能無感。

直致禍，欲以苟且爲明哲」（〈復楊濟書〉語），而是深深感受時代亂象
的眞誠人士，「亂」在他們的意識裏產生衝盪，激起興亡之槪，朝不保
夕之感，壯志無成之憤，形成精神上的苦悶，這是詠懷的主要基礎。

第五節　九品官人與社會風氣的反省

　　六朝的華素貴賤之隔，其來有自。仲長統《昌言》云：「天下士
有三俗，選士而論族姓閥閱，一俗。交遊趨富貴之門，二俗。」王符
《潛夫論・交際篇》云：「虛談則知以德義爲尊，貢舉則必以閥閱爲
首。」是漢末名門郡望，已在政治上形成一種勢力。

　　魏文帝延康元年，用吏部尙書陳羣議，定九品中正之法，考核
用人，晉宋因之。但從開始起，就和門閥結了不解之緣。大小中正
及主簿功曹等，皆取著姓大族爲之，以定門冑，品藻人物。唐・柳
芳〈氏族論〉論九品制的精神，有這樣的話：「魏氏立九品，置中正，
尊世冑，卑寒士，權歸右姓。」〔註32〕這個制度，正好爲高門大族
建立護符，使他們雖無世襲之名，而享有世襲之實。魏晉名門子弟，
起家多拜散騎侍郎，鍾繇弱冠，即居其選。宋齊以下，祕書郎四員，
爲甲族起家之選，居官數旬便轉。仕途平坦，令僕三司，可安流平
進，雍容而至大位，不必再以才能政績著稱。琅琊王氏自王祥起，
歷代顯赫；王導建勳江左，其後裔爲中書令監及侍中等重職，歷五
朝而未絕。至於庶姓寒人，沈滯下僚，如果沒有攀緣豪貴，很難有
拔昇的機會。即使拔昇，也很難與大族競爭。張華久貴，除「名重
一世，眾所推服」外，主要因爲同鄉劉放（晉室功臣）的提拔。但
直至「聲譽益盛，有臺輔之望」的時候，還受人構嫌。本傳言「荀
勗自以大族，恃帝恩深，憎疾之，每伺間隙，欲出華外鎮。」寒素
出身的鮑照，雖然胸懷大志，而終生抑於小位，鍾嶸嗟其「才秀人
微」。晉時劉毅批評九品之弊，已有「上品無寒門，下品無勢族」之

〔註32〕見《新唐書・柳沖傳》。

語〔註33〕，《宋書‧恩倖傳序》亦云：「魏晉以來，以貴役賤。」「然魏晉及南北朝四百年，莫有能改之者。蓋當時執權者，即中正高品之人，各自顧其門戶，居不肯變法。且習俗已久，自帝王以及士庶，皆視爲固然，而無可如何也。」〔註34〕

　　出身貧微的詠懷詩人，如左思、鮑照，在九品制下，深有抑沈之悲。左思移家京師，列名二十四友，想以文才見知豪貴，拔昇高流。淹留無成之後，終於領悟整個制度的不合理，並看穿豪貴的傖俗，缺乏理想。〈詠史詩〉云：「自非攀龍客，何爲欻來遊。」「世冑躡高位，英俊沈下僚。」顯示他當時的醒悟。原來積極入世的理想，在不能通過仕路予以實現後，轉而尋求個人理想的自持，學術的寄託與隱者的高格，此時都具現意義。然而，獨善其身固好，兼善天下的志願成空，使他時有奇才蒿萊的不遇之感，這是左思之悲。鮑照曾言：「大丈夫豈可遂蘊智能，使蘭艾不辨，終日碌碌，與燕雀相隨乎！」〔註35〕但浮沈下位，難展大才。〈擬古詩〉的「南國有儒生，迷方獨淪誤」，「君來誠既晚，不覩崇明初」，都可看出他的鬱懷。

　　由高門大族的獨占要津，帶來社會文化各方面的影響。王瑤研究中古「政治社會情況與文士地位」，認爲清談老莊、崇尚嘉遯、作品綺靡、注重事義，都是由閥閱帶領，所以在當時的詩文裏，看不到社會生活的反映。但詠懷詩人，卻能超出時流，反省社會的風氣。高門大族的政治活動，以及他們所帶動的社會風氣，在詠懷詩人的心靈裏，都不會毫無條件的認同。這裏不是爭個人出身的問題，而是爭理想及眞誠的問題。

　　何曾、賈充以佞諛取位，轉曹附馬。一個日食萬錢，猶云無下箸處，奢淫極矣；一個世受魏恩而弒其君（指高貴鄉公），姦回不忠。但兩人均以禮法自飾，而欲掌持人間的大倫。阮籍深識這等人的虛

〔註33〕見《晉書‧劉毅傳》。
〔註34〕見趙翼《二十二史劄記》，九品中正條。
〔註35〕見《南史‧臨川武烈王傳》。

偽，也深識這等人的嫉恨，佯狂玩世，默默地觀察時代的變化，人心之變遷。這點，黃節可謂直探其心：「若自絕於禮法，則以禮法已爲奸人假竊，不如絕之。其視富貴有同盜賊，志在濟世而迹落窮途，情傷一時而心存百代，如嗣宗豈徒自絕於富貴而已邪？」(《阮步兵詠懷詩注》序) 嗣宗的貶儒，固然由於思想宗尙老莊，而對儒士虛僞的一面，也是深有所感。他更歎息交道的零落，都影射著那些牆頭草式的政治人物。

張協名列二十四友，但清簡寡欲，守道不競。〈登北邙賦〉云：「歎白日之西頹兮，哀世路之多蹇。」張溥《張景陽集》題詞云：「二子 (孟陽、景陽) 守道，嫉眾貪位，時或疵其玄之尙白。」可見他也感念社會上鑽營求進的風氣，而有懷才莫用的傷懷。〈雜詩〉云：「窮年非所用，此貨將安設，瓺瓵夸璵璠，魚目笑明月。」有世俗是非顛倒、不識珠玉眞價之意。

不爲五斗米折腰的陶潛，雖然以「饑所驅」來概括求仕的意圖，其實誰都知道：他原是胸懷猛志，有意用世。他先後做過江州祭酒、劉牢之參軍、建威將軍 (劉敬宜) 參軍、彭澤令，但任期都很短。尤其做彭澤令時候，三月不到就悄然歸田。主要原因是受不了督郵的官架，看不慣官場的虛僞。其後他的田園生活，也默默地體察末世頹風。〈感士不遇賦〉序所云，代表他對時世的反省。〈飲酒詩〉云：「道喪向千載，人人惜其情。」「羲農去我久，舉世少復眞。」詩人暗暗地爲這個時代而哀傷，也照見自己「立行之難，而一城莫賞」的孤獨。

總上以觀，六朝的九品官人之法，以及社會風氣的虛僞，無一不在詠懷作家心中烙上印痕，促使詩人提揭理想，反照人世，這也是詠懷的動機。

第三章　詠懷組詩的類型

第一節　類型名義及分類問題

　　當代文評經常使用「類型」一語，乃是由西語翻譯而來。類型（Genre），即種類形態。原是淺近易曉的普通名詞，其同義互訓的字為「type」、「kind」，都是指稱文學的類別，與描述作家或作品風格特徵的「style」判然分塗，不可混同。依類型的通義，與古代文評所用的「體」字相當，然體字涵義較廣，其文學用法有二，「一是體派之體，指文學的作風（style）而言，如元和體、西崑體、李長吉體等是。一是體類之體，指文學的類別（Literary kinds）而言，如詩體、賦體、論體、序體等是。」〔註1〕前一用法，即不能和類型相通的風格義，後一用法，亦即國人使用「類型」的文學本義。古語意含多歧，易滋淆混，故今人改用「類型」一詞，或「體類」一詞，加以區別。

　　文類體系的建立，由於分類的運用。分類是就特徵差異，或人為目的，把文學作品區分類聚。但在分類之前，必先確定文學的本質。實際進行分類工作，又要建立分類標準，依循邏輯法則〔註2〕。古今

〔註 1〕羅根澤《魏晉六朝文學批評史》（學海出版社），頁24。
〔註 2〕分類法則有下列數點：一、進行分類，必須分別等級，互不相混。
　　　　二、每次分類，所使用的分類標準必須首尾一貫。同一等級，不可

的文學界說容有不同，文類區分亦有差異。近代依乎純文學的界說，把文學分爲四個基本類型：詩、散文、小說和戲劇，這是屬於第一等級的分類，在四類型下，又有第二等級的各種類型。《文學論》的作者華倫認爲：只有第二等級的支類組合，才能正式稱爲「類型」，並分別使用「types」來說明文學的主要部門（即第一等級的類），「Genres」來命稱文學的種別（如悲劇、喜劇、頌詩等）〔註3〕，這種細緻的辨別，在中西古代都是不存在的。華倫又說：「類型，我們認爲它是文學作品的一種組合，在理論上是以外在形式（特別的韻律和結構）以及內在形式（態度、語調、目的——更明白的說：題材和讀者）爲共同的基礎，表面上的基礎，則是其中之一（譬如「牧歌」和「諷刺」是就內在形式說；雙音步詩和平德爾頌歌，則是就外在形式說）。」〔註4〕這段牽涉分類標準，類型的分類標準存在作品的內外形式，如將例證換爲中國的詩類，則古詩、近體是基於外在形式的類型區分，遊仙詩、田園詩、山水詩則是基於內在形式的類型區分，這種分辨，有利於類型的認識與建立。

六朝已有文學的各種分類，見諸當時的批評著作與詩文選集，如曹丕的《典論・論文》、陸機的〈文賦〉、摯虞的《文章流別集》、李充的《翰林論》、劉勰的《文心雕龍》、任昉的《文章始》，以及蕭統的《文選》等。由摯書以下，都建有一套文類體系，但大抵詳於第一等級的區分，牽涉詩的類型很少。《文心雕龍・明詩篇》談及「四言」「五言」兩種類型，附論「三六雜言」、「離合」、「回文」、「聯句」等，都屬外在形式的類型區分。基於內在形式的分類，只有《昭明文選》。〈文選序〉云：「凡次文之體，各以彙聚（張銑注：彙，類也），詩賦

採取兩個以上的標準。三、同一等級所分各類，必須互相排斥，不可彼此包涵。四、所分的類，必須足以窮盡所分的對象。五、分類的精密程度適可而止，不可陷於支離破碎。

〔註3〕見韋勒克與華倫合著《文學論》（志文出版社）第十七章「文學的類型」。第十七章實爲華倫所寫，見著者原序。

〔註4〕同上，頁387。

體既不一，又以類分。」蕭統分類可能受摯虞的影響。《隋書·經籍志》云：「總集者，以建安之後辭賦轉繁，眾家之集日以滋廣。晉代摯虞苦覽者之勞倦，於是採摘孔翠，芟剪繁蕪，自詩賦下各爲條貫，合而編之，謂爲流別。」〔註5〕翻查《文選》，昭明在詩下分廿三子類，分別爲：

1. 補亡	2. 述德	3. 勸勵	4. 獻詩	5. 公讌	6. 祖餞
7. 詠史	8. 百一	9. 遊仙	10. 招隱	11. 反招隱	12. 遊覽
13. 詠懷	14. 哀傷	15. 贈答	16. 行旅	17. 軍戎	18. 郊廟
19. 樂府	20. 挽歌	21. 雜歌	22. 雜詩	23. 雜擬	

這廿三子類，大抵依「題材、內容」的標準而作分類，唯有幾類不符此一標準，如補亡、百一、樂府、雜歌、雜詩、雜擬，不過分類的爭議，本節不擬討論。即使蕭選被譏爲「分體碎雜」（姚鼐《古文辭類纂》序目），「淆亂蕪穢，不可彌詰」（章學誠《文史通義·詩教下》），但無論如何，他的分類仍然有參考的價值。從《昭明文選》的分類裏，可發現魏晉新類都被網羅進去，如詠史、遊仙、招隱、詠懷、挽歌、雜詩、雜擬等，這些都是六朝常見的詩題，而這些詩題之能成爲一種類型，實堪深思。推究其中原因，或許有底下數端：

1. 詩題的雷同及題材內容的類似。
2. 文人的彼此模仿和創造新體。
3. 這些詩題，具有特別的時代精神和社會意義。
4. 梁朝以前，對這些詩題已視爲文學的特殊形態。

〔註5〕摯虞著書有三：《文章志》、《文章流別集》、《文章流別志論》，《晉書》稱其「撰《文章志》四卷；又撰古今文章，類聚區分，爲三十卷，名曰《流別集》，各爲之論，辭理愜當，爲世所重。」《隋志》簿錄類「《文章志》四卷」，總集類「《文章流別集》四十一卷（註云：梁六十卷，志二卷，論二卷），《文章流別志論》二卷」。今其書早佚，不知詳實。但依理推測，《文章志》可能是《流別集》的目錄，《流別志論》則是《流別集》所分各類的序論（存有殘文），分別抄出而成書，實撰只《流別集》一種。

因此，這些詩題，便易於指認其類。如此分類，正給本章的類型劃分一些啓示。

前章提過，詠懷組詩乃是詠懷詩的支類，依「成單成組」的標準而作的類分。若組詩下有「連章或不連章」，則可再作細分，但這種分別，對詠懷組詩並無重大價值，因六朝的連章組詩，少之又少〔註6〕。組詩類型不能循此分劃，或可求諸組詩本身的特徵。

前章也曾提過，詠懷組詩必須具備兩個條件：一是實質的詠懷內容，一是表層的組詩形式。六朝的這類組詩，絕大多數冠以「詠懷」、「詠史」、「遊仙」、「雜詩」、「擬古」，這些題目之出現，既具有特殊意義，《昭明文選》已視爲詩的一類，則逕以題目作爲分類的依據，亦無不可；蓋從六朝以還，這些詩題，實際已被視爲特殊類型，以致類型模仿縷縷不絕，凡冠上這些詩題的創作，也多以組詩形式出現。以初唐來看，王績有〈遊仙四首〉，盧照鄰有〈詠史四首〉，張九齡有〈雜詩五首〉、〈感遇十二首〉，徐彥伯有〈擬古三首〉，陳子昂有〈感遇三十八首〉，張說有〈雜詩四首〉等，此一現象，歷千年至今而未絕，這是極爲有力的類型證據。

今依詩題，分詠懷組詩爲「雜詩」、「詠懷」、「詠史」、「遊仙」、「擬古」五種類型，詳述於後。

第二節　以「雜詩」爲題（附陶潛〈飲酒〉）

「雜詩」爲題，最早見於漢末。建安詩人，不乏此類作品。孔融製有二首，阮瑀二首，王粲一首，又四首，劉楨一首，曹丕二首，曹植一首，又六首。除了曹植六首作於入魏之後，其他作品大都製成漢末〔註7〕。觀其內容，頗爲雜沓，可分五類：

〔註6〕六朝最早的連章組詩，當推曹植的〈贈白馬王彪〉七首，連章之中又具有頂眞的形式。詠懷組詩甚少連章，左思〈詠史〉似是連章，而其實不是。

〔註7〕孔融卒於建安十三年，阮瑀十七年，王、劉廿二年，都在漢末。曹

1. 行役之思：阮瑀「臨川」、「我行」，曹丕「漫漫」、「西北」，曹植「轉蓬」。

2. 言志感遇：孔融「巖巖」，王粲「聯翩」、「鷙鳥」、「日暮」，曹植「南國」、「僕夫」、「飛觀」。

3. 懷遠閨情：曹植「攬衣」、「西北」、「高臺」。

4. 遊宴：王粲「去日」、「列車」。

5. 悼子：孔融「遠送」。

除了後二者較不常見外，前三者都是雜詩常見的內容（六朝亦同）。由於遊子羈役，多生言志感遇之思，兩種內容也常是交織出現。如曹丕筆下浮雲身世的客子，有「惜哉時不遇」之感（吳淇以為是丕懼曹操改立曹植為世子時作），王粲筆下遠竄江漢，託身鸞鳳的鷙鳥，有「邂逅見逼迫，俛俯不得言」之痛，都是依託飄泊，中藏不遇的悲慨。至於曹植的懷遠閨情，前人也都認為寓有寄託，與身世之感有不可分離的關係。

　　這個時期為何大量產生這種作品？這些作品為何都冠以「雜詩」之題？頗為費解。前一問題，或許和詩人之間的互相模仿有關，或許和鄴下遊宴的擬題共作有關，但沒有必然性。後一問題，大致有幾種可能：

1. 詩人隨時興感，偶然成詩，既非擬襲樂府體裁，一時又無適當題目，遂以「雜詩」之題總括〔註8〕。

2. 漢代古詩頗為總雜，建安詩人即以「雜詩」目之〔註9〕，所以繼

　　　　丕生存年代雖入魏，但依〈雜詩〉內容判斷，應為建安時作。曹植
　　　　〈雜詩〉雖非作於一時，但從李善以至黃節，都認為是入魏所作。
　　　　參見《文選》李注及黃節《曹子建詩注》。

〔註8〕李善注王粲〈雜詩〉云：「雜者，不拘流例，遇物即言，故云雜也。」
　　　　與此同意。

〔註9〕《文選》雜詩類選錄古詩十九首，蘇李別詩。《玉臺新詠》選錄枚乘
　　　　雜詩九首。《詩品・上》評古詩曰：「其外去者日以疎四十五首，雖
　　　　多哀怨，頗為總雜。」可見古詩的篇章雜沓及紛繁內容，會予人「總
　　　　雜」的印象。因其總雜，目為雜詩，可能存在建安諸子與六朝詩人

踵之作,亦以「雜詩」為題。

3. 漢代古詩之中,原有部份以「雜詩」為題,建安詩人仿擬而作。
這些雜詩後來失題。

4. 漢代古詩都無標題,建安時代產生簡題,「雜詩」即簡題的一種。

5. 原有詩題,流傳喪失,後人編集,不標「失題」,而標「雜詩」
〔註 10〕。

以上各種可能,以第一項為題目產生的根本理由,其他四項都牽涉此
一根本的認識——亦即雜詩一類的設題,大致與內容有關連。順此下
沿,六朝才會有同題作品,而題目的雷同只是表象,雜詩類型的共同
認識則是其中玄機。

文選設有「雜詩」一目,歸為一類〔註 11〕。又立「雜歌」「雜擬」
二項,三者都用「雜」字,無論題材內容,以及篇章,都有雜沓之意。
不過雜詩的雜是題目本身如此,不是編選設類所加。李善謂雜是「不
拘流例,遇物即言」,也就是說雜是隨時興感,偶然成詩,不依一般
置題的通例。既是隨時興感,遇物即言,「雜詩」和「詠懷」的界限
並不嚴明,但大抵說來,雜詩在諸類型中,是以「觸境生情」為其特
色。主要內容,偏向前面分析的行役之思及言志感遇,由此標顯以「雜
詩」詠懷的基調。

之間,《昭明文選》是最有力的證據。

〔註 10〕《漢書·藝文志》敘列詩賦,把作品歸類,常冠以「雜」字統稱,
如〈成相雜詞十一篇〉、〈雜歌詩九篇〉。「雜」是總雜繁多之意。至
於《玉臺新詠》卷目標明雜詩,往往只是為了方便,或是失題所致。
如卷三「謝惠連〈雜詩三首〉」,實際是概括〈七月七日詠牛女〉、〈擣
衣〉、〈代古〉,這種概括的方便,是徐氏運用的主要理由。因此枚乘
〈雜詩〉,並非如他人所云別有所本,而只是從後追加。曹植有〈七
哀詩〉,《玉臺新詠》編入〈雜詩〉五首中,與《文選》不同,當出
同因。

〔註 11〕選錄作品,上有〈古詩十九首〉,〈蘇李別詩〉,張衡〈四愁詩〉等。
六朝詩作,則曹子建六首,嵇叔夜一首,傅休奕一首,張茂先一首,
何敬祖一首,王正長一首,棗道彥一首,左太沖一首,張季鷹一首,
張景陽十首,陶淵明二首,王景玄一首。

　　若從形式設想，雜詩之爲「雜」，應有組詩形式（建安雜詩多是成組之作），但古作多佚，單篇留存，因此一首亦爲雜詩的類型所涵。六朝詩人如繁欽、嵇康、棗據，司馬彪、何劭、左思、張翰、張協、王讚、（梁）柳惲各有一首，而選體單篇也影響唐人。以組詩形式出現的有曹植六首，應璩三首〔註12〕，張華三首，傅玄三首，張協十首，陶潛十首，（宋）王微二首，而淵明〈飲酒〉二十首亦屬之。除了應璩說教味重，王微純詠閨情，其他都具有詠懷實質，尤其子建、景陽、淵明之作，更爲「雜詩」爲題的詠懷組詩奠立典型。唐人繼軌之作，有張九齡五首、李華六首、權德輿五首、韓愈四首等，足以證明這一類型的詩，後代仿作的不少。今分述於下：

（一）曹植〈雜詩六首〉

　　曹植（公元192～232）的詩，除去樂府不論，〈雜詩〉便最具代表性，最能呈現詩人的完整形象。

　　〈雜詩六首〉同載《文選》，故歷來看成組詩，但既不是連章，也不是同時之作。李善斷定此六篇是別京以後，在鄄城思鄉而作，近人黃節曾提出辯明，而認爲「此詩第一首似作於徙封雍丘之前，二、三、四、五首似作於徙封雍丘之後。至若第六首，乃建安十九年曹操東征，植留守鄴都時作，本集誤次於後」（《曹子建詩註》），不過黃氏沒有舉出充分的證據。如果放下各詩的詳細寫作年代不論，則大抵作於入魏之後（即曹丕登帝以後），則是共同的看法。

　　關於六首的解釋，前人均與子建的後期身世之感相結合，而認爲寓含寄託，與古詩十九首相似。這種解釋自李善已然，然六朝人未必不是如此相看。第一首的懷遠傷情，一般認爲所懷的是曹彪。彪是植的異母弟，由於曹丕忌嫉諸弟，恐怕諸侯坐大篡位，南北分封，調徙無定，又規定不准相見聚會，造成兄弟南北乖隔（彪封吳王，在江南），

〔註12〕《廣文選》作應瑒，《藝文類聚》作應璩。三首明標道德教訓，含有諷諫之意，與今存〈百一詩〉相類，丁福保依從《藝文類聚》，大致不誤。

形影睽違。所以傷心之中，實有一股鬱憤。其二的轉蓬遊子，則是託譬自況。樂府有〈吁嗟篇〉，也是以轉蓬爲喻。〈遷都賦〉云：「余初封平原，轉出臨菑，中命鄄城，遂徙雍丘，改邑浚儀，而末將適於東阿。號則六易，居則三遷，連遇瘠土，衣食不繼。」《三國志》本傳云：「十一年中而三遷都，常汲汲無歡。」是這首詩的寫作本懷。其三的託寓，見於結尾兩句。其四以佳人爲喻，寫有志而不獲施展的悲哀，乃是自傷之詞。其五其六都是言志之作，有翦吳滅蜀、爲國捐軀的慷慨壯懷，但卻苦無機會。陳壽《三國志·魏志·陳思王傳》曰：「植常自憤怨，抱利器而無所施，上疏求自試。」正是二首的背景。總體而觀，在曹植〈雜詩〉裏，正完整的表現後期生活的感傷與平素的懷抱。

首　數	首　　句	詠　　懷　　意　　旨
1	高臺多悲風	懷人傷情。
2	轉蓬離本根	以轉蓬遊子間接的寫自己飄流不定。生活困苦。
3	西北有織婦	閨情，前人以爲寓有寄託。
4	南國有佳人	以佳人爲喻，寫有才不展的悲哀。
5	僕夫早嚴駕	抒吐翦吳滅蜀的壯懷，感歎沒有施展抱負的機會。
6	飛觀百餘尺	

（二）張協〈雜詩十首〉

　　張協（公元 255～310）存詩不多，有詠史一，雜詩十，又雜詩一，遊仙一（闕文），共十三首。以雜詩十首爲代表作，最能呈現「巧構形似之言」的藝術形貌。鍾嶸以此定爲一代宗師，與陸、潘、左分執牛耳，並且認爲對謝靈運、顏延之、鮑照的詩有重大影響（註13）。

　　一般討論協詩，都附從太康華麗綺靡的時代風格相論，沒有注意

〔註13〕《詩品》謂謝靈運「雜有景陽之體，故尚巧似，而逸蕩過之」。謂顏延之「尚巧似」，謂鮑照「善製形狀寫物之詞，得景陽之諔詭……然貴尚巧似」。三家均有巧構形似之言的特色，而這種特色是受「景陽之體」的影響。

其中的詠懷色彩。其實太康人物，除了太沖胸次高曠，筆力奇高，景陽的守道不競，隱居言懷，也具有個人性的特色。《晉書》協傳附載於其兄載傳，謂「于時天下已亂（按，指八王之禍），所在寇盜，協遂棄絕人事，屏居草澤，守道不競，以屬詠自娛。」〈雜詩〉雖非作于一時，但都具有觀照人間、沈思自身的憂懷與悟世意味。在巧構形似之中，透露幽遠沈深的內容。李日剛先生云：「或寫閨中懷人之情，或寫遠宦思鄉之感，或傷懷才莫展，或歎世路維艱，或高歌困窮守志，或自勗及時努力，內容較爲廣泛，而其情志之高遠，造語之清新警拔，均在潘陸等人之上。」（《中國文學流變史》詩歌編上）

　　今觀詩中五、六、七、八諸首，由行役之思而起感時言志之懷，正合雜詩類型的詠懷基調。三、九、十的隱居抒感（作於隱居之後），則是淵明田園的前身。宋濂〈答章秀才論詩書〉：「陶元亮天分之高，其先出於太沖、景陽。」出於景陽的部份，指〈雜詩〉的寫作和隱居田園的歌詠。詩中寄託，更有極端隱微之處，不是一眼望過，即能索解。如其四的朝曦忽隱，風雨肆虐，隱喻八王之亂，其下才有歲暮懷憂，壯志未遂之感。其十的久雨洪潦，人懷昏墊，暗譬世事艱危，處境易心，其下才有君子困窮，堅志不移之語。而表面觀之，只是實寫，只是巧構形似之言，不易看出比興託寓，類此詩心，豈能只從詩的技巧層面探討！今附其詩句如下：

△　人生瀛海內，忽如鳥過目。川上之歎逝，前修以自勗。
　　（其二）

△　閒居玩萬物，離群戀所思。高尚遺王侯，道積自成基。
　　（其三）

△　疇昔歎時遲，晚節悲年促。歲暮懷百憂，將從季主卜。
　　（其四）

△　陽春無和者，巴人皆下節。流俗多昏迷，此理誰能察。
　　（其五）

△　疇昔懷微志，帷幕竊所經。何必操干戈，堂上有奇兵。
　　（其七）

△　君子守困窮，在約不爽貞。取志於陵子，比足黔婁生。

（其十）

首　數	首　句	詠　懷　意　旨
1	秋風涼夜起	秋夜閨思。
2	大火流坤維	季節輪轉，感人生易逝。
3	金風扇素節	隱居秋懷，有悟道之想。
4	朝霞迎白日	風雨肆虐，有感平生壯志未遂。
5	昔我資章甫	流俗昏迷，高志難聘。
6	朝登魯陽關	登關感思，歎世路艱難。
7	此鄉非吾地	軍旅憶昔，有縱橫之志。
8	述職投邊城	邊城羈旅，春日思鄉。
9	結宇窮岡曲	隱居閒適，遊思寄辭。
10	墨蜧躍重淵	久雨言懷，志在固窮守約。

（三）陶潛〈雜詩十二首〉

陶潛（公元 365～427）〈雜詩〉，非一時所作，其中有代耕羈役之行（顧皓注：代耕謂食祿也），又有「奈何五十年」之句，大約是早年出仕到五十歲間所作。宋・吳仁傑《靖節先生年譜》定爲四十八歲之作，王質《栗里年譜》定爲五十歲之作，都有以偏概全的錯誤。李辰冬《陶淵明作品繫年》繫在五十歲（註14），但其下註明十二首非一時之作，且認爲其九、其十一都是寫仕宦時的矛盾心情，與五十歲左右的詠篇情調完全不同，應繫在未歸園田以前，所見較是。王瑤編注陶淵明集，將十二首分爲兩組，前八首繫於五十歲（414），後四首繫於卅七歲（401），也是看出其中差異。

〔註14〕李氏繫年見《陶淵明評論》（東大圖書公司本），頁 22。淵明享年，吳譜、王譜均依史傳作六十三，故雜詩一繫在義熙八年（公元 412），一繫在義熙十四（414）。李氏依梁啓超的《陶淵明年譜》，定享年爲五十六（公元 371～427），故雜詩繫在宋武帝永初二年（421）。本文有關生卒之年，亦依史傳。

　　淵明詩的評賞，蕭統的〈陶淵明集序〉和韓愈的〈送王秀才序〉，給予後世影響甚大。昭明云：「有疑陶淵明詩篇篇有酒，吾觀其意不在酒，亦寄酒爲迹者也。其文章不羣，辭采精拔，跌宕昭彰，獨超眾類，抑揚爽朗，莫之與京。橫素波而旁流，干青雲而直上。語時事，則指而可想，論懷抱，則曠而且眞，加以貞志不休，安道苦節，不以躬耕爲恥，不以無財爲病，自非大賢篤志，與道污隆，孰能如此乎！」韓愈云：「讀阮籍、陶潛詩，乃知彼雖偃蹇不欲與世接，然猶未能平其心，或爲事物是非相感發，於是有託而逃焉者也。」一從德行體會，頗能契握淵明的高曠與眞情，一從鬱憤相看，深能同情淵明的「麴蘗之託而昏冥之逃」。兩者結合起來的印象，是既有憂世之情，又有造道之語。扣上生平來說，史傳說他「少有高趣」（《宋書‧隱逸傳》、蕭統〈陶淵明傳〉、《南史‧隱逸傳》）「少懷高尚」（《晉書‧隱逸傳》、《蓮社高賢傳》），與「不能爲五斗米折腰」（諸傳皆同），是淵明積極關切現實政治，希望能有用於世，實現抱負，而終於不堪政治場合的逢迎虛僞，頹然退守的時期，這時的憂世之心與昏冥之逃，都使他深深反省處世問題，批判現世的浮薄風氣。

　　至於史傳描述的飲酒閒適與「無絃琴」，則是淵明在田園生活的刻苦與寧靜之後，漸能放平人世的關切與內心的鬱憤，固窮守約，安貧樂道，使人性境界超然拔舉，擴展爲天地情懷的時期，這時的高瞻遠矚與懷道自適，涵有冥合宇宙生命的同體之感，與對人世的深情悲憫。自宋代以下的淵明詩評〔註15〕（涉及美學標準與人物品鑑），大

〔註15〕宋代蘇東坡的和陶評陶，掀起詩評的熱烈反響。評論中心在淵明的「有託而逃」、「晉宋易祚之感」、「知道悟道」以及藝術風格的「高古」、「平淡」等。這些評論涉及不同時代的美學標準與人物品鑑，而結果使淵明成爲中國詩人中境界最高的典型，與六朝由鍾嶸代表的評準大異。其間轉移的蛛絲馬迹，蕭統、韓愈不能不論，而禪宗、理學的注重工夫層境亦有影響。由淵明評論的啟示，實可建立特殊的美學體系——「層境美學」或「生命美學」，把中國傳統其人其詩的品評方式，擴大爲包涵藝術評準與人性評準的廣大系統。這種美學，與中國哲學、藝術的文化傳統深相表裏。

抵順這兩意推展。然韓愈認爲淵明的有託而逃，是在理上「未能平其心」，也就是說田園生活的寧靜，並未掃除淵明的不平之心，這種不平，從詩中來看，「雜詩」、「飲酒」表現最多。

〈雜詩十二首〉，除第十二有問題外〔註16〕，其他十一首以生平的回憶反省爲主。如其五「憶我少壯時」，其六「昔聞長者言」，其三「眷眷往昔時」，其十「荏苒經十載」，在淵明眾多的詠懷組詩裏面，最具印證生平的價值。李辰多分陶淵明的境界爲四個時期：第一是「猛志逸四海」，第二是「冰炭滿懷抱」，第三是「復得返自然」，第四是「不覺知有我」〔註17〕，第三期的代表詩句見於「歸園田居」，第四期見於「飲酒」，第一第二則見於雜詩中的老年回憶。由雜詩呈現的內容，可分三面來看：

1. 少壯雄圖

　　△　憶我少壯時，無樂自欣豫，猛志逸四海，騫翮思遠翥。

　　　　（其五）

2. 作宦的矛盾心情：其九、十、十一，陶澍按云「三章皆羈旅行役之感」，其實中間不只宦旅思鄉而已，而有不堪吏職的逢迎虛僞在，牽涉人性操守的問題。

　　△　遙遙從羈役，一心處兩端。（其九）

　　△　慷慨憶綢繆，此情久已離。荏苒經十載，暫爲人所羈。

　　　　（其十）

　　△　孰若當世時，冰炭滿懷抱。（其四）

3. 壯志未遂的悲慨與反省：占雜詩的主要內容，呈現淵明晚年猶自不能平息的雄圖成空、歲月煎逼之感，與反省而來的觸絃肆日、

〔註16〕宋湯漢編輯陶詩，以第十二首別出，附於集末，云「東坡和陶無此篇」，故〈雜詩〉只有十一首。但其他諸家編定陶集，都題作十二首。從今來看，第十二首只有六句，疑有闕文（陶詩五言不曾以六句成詩），又與前十一全不相類，定有問題，所以不必附入討論。

〔註17〕見《陶淵明評論》，頁53。李氏對於「境界」的解釋，包括生活與作品兩方面，認爲：祇有生活的境界達到某一程度，作品的境界才能達到。

無復所求的歡娛之情。其一至其八皆是。

△　日月擲人去，有志不獲騁。念此懷悲悽，終曉不能靜。

　（其二）

△　日月還復周，我去不再陽。眷眷往昔時，憶此斷人腸。

　（其三）

△　丈夫志四海，我願不知老。親戚共一處，子孫還相保。

　（其四）

　（下略）

首　數	首　　句	詠　　懷　　意　　旨
1	人生無根蒂	人生無常，和睦相聚，及時行樂。
2	白日淪西阿	抒寫時光流逝，志業未就的悲哀。
3	榮華難久居	〃
4	丈夫志四海	有悟壯志造成煩惱，此後唯願家庭美滿，生活歡樂。
5	憶我少壯時	回憶少壯志向，隨老而頹逝，前途茫茫，深感警懼。
6	昔聞長者言	憶昔不聽長者之言，一事無成，此後將及時行樂。
7	日月不肯遲	有感歲月催逼，來日不長。
8	代耕本非望	抒發自己努力耕作而不得溫飽的不平。
9	遙遙從羈役	皆羈旅行役之感。
10	閒居執蕩志	
11	我行未云遠	
12	嫋嫋松標崖	（略）

（四）陶潛〈飲酒二十首〉

〈飲酒〉二十首，是淵明閒居寡歡，醉中吟詠之作。索探序的微意，飲酒之中，實有抒吐不盡之懷。《茗江詩話》曰：「此二十首，當是晉宋易代之際，借飲酒以寓言，驟讀之不覺，深求其意，莫不中有寄託。」我們雖不必把陶詩都推到晉宋易代之際，但其中具有的詠懷實質，卻極明顯。序謂「既醉之後，輒題數句自娛，紙墨遂多，辭無詮次」，可知屬於雜詩一類，《文選》即將其五、其七合為雜詩二首。

論其寫作年代，吳譜繫在卅九歲（元興二年，403），王譜繫在四十歲（元興三年，404），李氏繫年繫在四十五歲（義熙十二年，416），所根據的詩句都是其十九的「是時向立年，志意多所恥。遂盡介然分，拂衣歸田里。冉冉星氣流，亭亭復一紀」，又其十六「行行向不惑，淹留遂無成。竟抱固窮節，饑寒飽所更」，大約是四十出頭的作品。李氏說：「二十首並非一時之作，故無法一一分別繫年，然這二十首所表現的都是同一的意識境界。」

這些詩勾勒的淵明形象，比較有高度的人生境界。可分三面來看：

1. 生平的回憶與世俗的批判

   △ 在昔曾遠遊，直至東海隅。此行誰使然，似為飢所驅。
   （其十）

   △ 少年罕人事，游好在六經。行行向不惑，淹留遂無成。
   竟抱固窮節，飢寒飽所更。（其十六）

   △ 疇昔苦長飢，投耒去學仕。將養不得節，凍餒固纏己。
   是時向立年，志意多所恥。遂盡介然分，拂衣歸田里。
   冉冉星氣流，亭亭復一紀。世路廓悠悠，楊朱所以止。
   （其十九）

   △ 道喪向千載，人人惜其情。有酒不肯飲，但顧世間名。
   （其三）

   △ 去去當奚道，世俗久相欺。擺落悠悠談，請從余所之。
   （其十二）

   △ 羲農去我久，舉世少復真。（其二十）

2. 固窮守志的堅定不移：其二、其十一、其十二，藉隱居高士肯定自己，其四、其八，藉青松高標肯定自己。

   △ 不賴固窮節，百世誰當傳。（其三）

   △ 一世皆尚同，願君汩其泥。深感父老言，稟氣寡所諧。
   紆轡誠可學，違己詎非迷。且共歡此飲，吾駕不可回。
   （其九）

3. 達觀盛衰，飲酒自適：這是飲酒組詩的中心主題，大部份內容都導向這一主題。而其一以達觀飲酒起，其二十以謬誤恕醉結，似

是特意安排，與左思〈詠史〉的起結相似。淵明的曠達眞淳，均由此見。

△ 寒暑有代謝，人道每如茲。達人解其會，逝將不復疑。
　忽與一樽酒，日夕歡相持。（其一）

△ 采菊東籬下，悠然見南山。此中有眞意，欲辯已忘言。
　（其五）

△ 汎此忘憂物，遠我遺世情。嘯傲東軒下，聊復得此生。
　（其七）

△ 提壺挂寒柯，遠望時復爲。吾生夢幻間，何事紲塵羈。
　（其八）

△ 不覺知有我，安知物爲貴。悠悠迷所留，酒中有深味。
　（其十四）

首　數	首　　句	詠　　懷　　意　　旨
1	衰榮無定在	寫達觀衰榮，飲酒自適的歡娛心情。
2	積善云有報	感慨天道無親，報應不彰。
3	道喪向千載	慨歎時人追逐浮名，鑽營喪道。
4	栖栖失羣鳥	藉鳥棲於松，託身得所，喻歸田固窮，堅志不移。
5	結廬在人境	寫擺落塵縛，隱居自得，觀賞景物，得意忘言之境。
6	行止千萬端	世俗是非相形，達士超然於是非之外。
7	秋菊有佳色	寫傾飲菊酒，悠然自得的心情。
8	青松在東園	以孤松自喻，表現高潔堅貞的人格。
9	清晨聞叩門	藉田父提問，表達不返仕途的決心。
10	在昔曾遠遊	回憶昔日爲飢出仕，後來歸隱閒居。
11	顏生稱爲仁	名不足賴，身不足惜。
12	長公曾一仕	藉後漢高士張摯、楊倫，表達不復出仕的堅決意念。
13	有客常同止	託言醒醉二容，而自比兀傲的醉客。
14	故人賞我趣	寫酒中「不覺知有我」的深味。
15	貧居乏人工	貧居簡出，世事委任窮達。

16	少年罕人事	感歎少有壯志，老而無成，飢寒困迫，無人了解心情處境。
17	幽蘭生前庭	以幽蘭自喻，寫出仕歸田的經過。
18	子雲性嗜酒	藉揚雄飲酒，暗寫自己。
19	疇昔苦長飢	回憶出仕歸田的過去，感慨世路多歧。
20	羲農去我久	讚揚孔子教化之功，抨擊當世虛偽風尚。

第三節　以「詠懷」爲題（附陶潛〈歸園田居〉）

　　「詠懷」爲題，起於阮籍。阮籍作有五言〈詠懷〉八十二首，四言三首，總共八十五首，與《晉書》謂「作〈詠懷詩〉八十餘篇，爲世所重」，大致相合。詩評所論，偏重五言的八十二首。這八十二首詠懷詩，爲六朝組詩奠立了典型。

　　阮公詩作，直開六朝詠懷傳統，許多組詩由此相引而生，左思〈詠史〉，郭璞〈遊仙〉，以至陶潛的眾多組詩〔註18〕，其精神都是緣阮籍的詠懷詩一脈相傳。

　　阮籍的詩，也是南朝詩人的模擬典範。鮑照有〈擬阮公夜中不能寐〉，王素有〈學阮步兵體〉，江淹有〈效阮公詩十五首〉（一作效古）〔註19〕，又雜體也有擬〈阮步兵籍詠懷〉，這些擬作，著意呈顯了阮詩特色，不僅注重意象上的象徵和暗示，而且進入阮詩精神的殿堂，透露阮詩繁憂深慮，孤絕寂寞的獨特情調。尤其江淹擬作十五首，等於把阮詩視爲一種類型看待。

〔註18〕淵明詩特多組詩形式，六朝詩人無出其右者。如〈歸園田居五首〉、〈飲酒二十首〉、〈擬古九首〉、〈雜詩十二首〉、〈詠貧士七首〉、〈讀山海經十三首〉、〈挽歌辭三首〉。

〔註19〕效阮公詩，江集本作「效古」，陳沆以爲自《古詩紀》才更改標題，云：「自《詩紀》改爲效阮公，已非其舊。」但十五首確是擬阮之作，並無託諭可言，如其八「昔余登大梁」擬阮廿九「昔余遊大梁」，其十「少年學擊劍」擬阮六一「少年學擊刺」。陳沆卻以《梁書》本傳言及「贈詩十五首以風」，認爲是諷諭建平王景素而作。見《詩比興箋》卷二。

自阮公而後，以「詠懷」為題的作品有：支遁五首，史宗一首，張君祖三首〔註20〕，吳均二首，庾信二十七首〔註21〕。除史宗之外，都以組詩的形式出現。沙門支遁和居士張君祖的詩，充滿了玄理和山水的描寫，與江左玄風同一爐篝，不足作為詠懷典範。吳均的詩，則似有所寄，肯定忠義，而心在山林，但尚不足構築自身的形像。同為類型代表，阮詩而外，當推庾詩。阮庾二家詩的內容，雖因人生觀照與際遇而有所不同，但感慨沈痛，則是相一致的。大致可分：一、對於污濁現世的激憤與焦慮。二、對於生命有限與無常的體認。三、超脫塵世，企慕玄境或遁入仙界。四、亡國之痛與鄉關之思。前三項幾乎是阮詩的主題，後一項則是庾詩獨特的感慨。

有唐繼作，陳子昂有〈感遇三十八首〉，張九齡有〈感遇十二首〉，李白〈古風五十九首〉，被視為同一類型的延續。又杜甫有〈詠懷二首〉，韓愈有〈秋懷十一首〉，盧仝有〈自詠三首〉，白居易有〈自詠五首〉等，也都足以證明這一類型的存在。

以「詠懷」為題的類型，大抵都在抒發遭逢斯世，激盪不平的中懷，它是屬於詩人的理想在現實的衝擊之下，最為內奧的心靈之聲，也是詩人自我孤獨的詠歎。從其展現詩人心靈的深處內涵來說，在在給人「阮旨遙深」的感覺。深探此一類型的重要意義，則又是在「生命不諧」的感傷之下，顯示知識份子對於人生世相的沈思反顧。世道險阻，則有坎壈的憤慨，然而詩人的理想，卻又昭然照臨人間，不願隨流俗而喪失。

今分述阮籍、庾信的詩於下。此外，陶潛〈歸園田居〉五首，也

〔註20〕張君祖的生存時代，廣弘明集作「陳」，丁福保疑未能明。依《法書要錄》卷五唐竇蒙〈述書賦〉注：張翼，字君祖，晉東海太守。則張氏為晉人。

〔註21〕一作〈擬詠懷〉。陳沆云：「《藝文類聚》但稱庾信〈詠懷詩〉，不云擬也，《詩紀》強增為〈擬詠懷〉，亦如增文通詩為效阮。」說庾信不誤。庾詩其一云：「步兵未飲酒，中散未彈琴」，以未飲酒彈琴的阮嵇自比，並無純粹擬阮的企圖，組詩內容亦和梁亡入周的遭遇有關，不是一般的擬古之作。

應屬於這一類型，附論於後。

（一）阮籍〈詠懷詩八十二首〉

阮籍（公元 210～263）平生作詩，只有「詠懷」一念，這種意念，在晚年的艱危處境中，更爲明顯。顏延年曰：「說者阮籍在晉文代，常慮禍患，因發此詠耳。」其實阮詩不是一時所作，但詠懷的意旨，卻貫串早年與晚年的作品，因而作品中的感情，即使有互相矛盾，終究所呈現的意識，是一貫的。阮氏八十二首作品，可以看到他如何的自許、自傷、自憐、自解，在文學的創作中，暫時抒解現實逼人的精神苦悶。〔註22〕王船山云：「步兵一切歸之詠懷。」又說：「或以自安，或以自悼，或標物外之旨，或寄疾邪之思，意固徑庭，而言皆一致。」意識衍展的一貫性，使整組作品呈露人的完整形像。

阮詩在南朝已有二家註解：顏延之註及沈約註。鍾嶸謂「厥旨淵放，歸趣難求。顏延年註解，怯言其志。」李善申述顏註之意云：「嗣宗身仕亂朝，常恐罹謗遇禍，因茲發詠，故每有憂生之嗟。雖志在刺譏，而文多隱避，百代之下，難以情測，故粗明大意，略其幽旨可也。」他們都注意到阮詩的託諷寓言的特質，而以爲本事難考，故不採取穿鑿附會的註解方式，但他們把握其人其詩並不差。顏延之〈五君詠〉詠阮步兵云：「阮公雖淪跡，識密鑒亦洞。沈醉似埋照，寓辭類託諷。長嘯若懷人，越禮自驚眾。物故不可論，途窮能無慟。」異代同情的真切與深入，正可作爲阮籍的平生寫照。

阮公而後，庾信繼有詠懷之作。自陳子昂後，阮公更在唐代詩壇產生重大影響。李日剛先生云：「晉陶淵明之〈飲酒〉，北周庾信之〈擬詠懷〉，唐陳子昂之〈感遇〉，李太白之〈古風〉，顯然皆私淑

〔註22〕文學作品，是客觀化了的主觀世界。作者生存的外在環境，透過心靈的感觸與探索，故而成爲主觀感情所浸染的世界。主觀世界又在藝術創造中，化爲作者所尋取的意象，意象組構而成一個客觀恆常的時空，使作者能暫時跳開主觀世界的緊張關係，通過意象的欣賞而觀照人世，暫時銷解精神的苦悶。

阮公，故在五言詩之發展史上，阮公實占有重要地位。」〔註23〕唐初子昂、九齡的〈感遇〉、〈雜詩〉，李白的〈古風〉、〈感興〉諸作，通常視爲阮公繼響。沈德潛說：「陳伯玉力掃俳優，直追曩哲，讀〈感遇〉等章，何啻在黃初間也。張曲江，李供奉繼起，風裁各異，原本阮公。」（《唐詩別裁·凡例》）唐代另有許多詠懷組詩，可見這一類型的影響。

〈詠懷詩〉的主要內容，糾結在人生無常、現實危機的覺察與焦慮，以及由精神超解而來的莊老仙隱之思。前者的焦慮，在他的筆下達到難以復加的地步。如其三以東園桃李、秋風飛藿、歲暮霜草，勾出一幅宇宙性幻滅的命運圖，暗示現實危機的肅殺慘酷，詩人身處其中，領略到「繁華有憔悴，堂上生荊杞」的至理，卻又懼於早晚的披禍上身，而有急迫的厭苦捨離，保命自全的意圖：「驅馬舍之去，去上西山址。一身不自保，何況戀妻子」。棄妻兒而不顧，念念急於自保（只是虛寫、反襯之筆），反逼出現實情境的險惡，而語氣的急促，亦顯示焦慮已達於極點。在其卅三、六九，這種現實存在的焦慮有較明顯的透露：

　　△　一日復一夕，一夕復一朝。顏色改平常，精神自損消。
　　　　胸中懷湯火，變化故相招。萬事無窮極，知謀苦不饒。
　　　　但恐須臾間，魂氣隨風飄。終身履薄冰，誰知我心焦。
　　△　人知結交易，交友誠獨難。險路多疑惑，明珠未可干。
　　　　彼求饗太牢，我欲并一餐。損益生怨毒，咄咄復何言。

現實情境中的嫉恨殘害，並不因爲「不問世事」，朝朝沈醉，即可避免。而若非環境之險，又何必「胸中懷湯火」「終身履薄冰」，在這兩首詩中，阮公已明示他人的「怨毒」與自我的「心焦」，這種急切的怨憤，李善謂爲「憂生之嗟」。

與焦慮同等重要的是：由精神超解而來的莊老仙隱之思。這面豎

〔註23〕見李著《中國文學流變史》，詩歌編上，頁 204。李氏文學史是前此文學史的大整理，不諱意見的相襲，既因體例關係，不註出處，故而不知其中睿見究竟誰屬。本篇論文引用數處，用爲互證而已。

起阮公雄壯、高曠的風格，一洗古詩偏於兒女情多的意境〔註24〕。如其七三詠橫術奇士，以「朝起瀛洲野，日夕宿明光。再撫四海外，羽翼自飛揚」的廣大流動的興象，象喻奇士心包宇宙，來去逍遙的人生意境，驅邁疾於楚辭，意象大於古詩，個人的高情猛志，翩然如見。又如其五八、六八，也都透露這種奇傑超逸之思，使其人如一隻大鵬，扶搖於狹限的人世之外：

　　△　危冠切浮雲，長劍出天外。細故何足慮，高度跨一世。
　　　　非子爲我御，逍遙適荒裔。顧謝西王母，吾將從此逝。
　　　　豈與蓬戶士，彈琴誦言誓。

　　△　北臨乾昧谿，西行遊少任。遙顧望天津，駘蕩樂我心。
　　　　綺靡存亡門，一遊不再尋。儻遇晨風鳥，飛駕出南林。
　　　　漭瀁瑤光中，忽忽肆荒淫。休息晏清都，超世又誰禁。

　　以上分兩面略述詠懷詩的內容，引詩具有概括性的作用，詳述將見於第四章。詩多，表略。

（二）庾信〈詠懷詩二十七首〉

　　庾信（公元 513～581）的詩風，分前後兩期。前期在梁，與徐陵齊名，詩文綺艷，世號「徐庾體」。後期在周，與王褒並驅，風格振舉，有清剛之氣。兩期之間，轉變的根源是梁亡之痛。《北周書》本傳言：「梁元帝承制，除御史中丞，及即位，轉右衛將軍，封武康縣侯，加散騎常侍，來聘於我，屬大軍南討，遂留長安。」北魏伐梁，梁亡，信自傷奉使無狀，又感於江陵傾覆，諸軍相攻，羈留北周，常作鄉關之思。這一環繞「梁亡」而起的興亡流離之痛，是庾信詠懷的基本內容。沈德潛云：「無窮孤憤，傾吐而出，工拙都忘，不專擬阮。」（《古詩源》卷十四）

　　整組詩作，感情相當一致。歷代傳誦的名篇不少，如其四、六、

────────────

〔註24〕阮詩對古詩而言，有意境開拓之功。古詩的基調爲夫婦朋友的離別傷悲之情，情深意切。然阮詩開展出超逸的精神意境，其詩的廣大興象，使人凜然興起，也是古詩所沒有的。一般文學史只針對現實焦慮立言，多疏忽此點。

七、十一、十三、十七、十八、廿一、廿二、廿六。寫江陵傾覆，如
其十五、廿七：

　　△　六國始咆哮，縱橫未定交。欲競連城玉，翻徵縮酒茅。
　　　　折骸猶換子，登竈已懸巢。壯冰初開地，盲風正折膠。
　　　　輕風飄馬足，明月動弓弰。楚師正圍鞏，秦兵未下崤，
　　　　始知千載內，無復有申包。

　　△　被甲陽雲臺，重雲久未開。雞鳴楚地盡，鶴唳秦軍來。
　　　　羅梁猶下礌，揚排久飛灰。出門車軸折，吾王不復回。

寫羈留鄉關之思，如其三、四：

　　△　俎豆非所習，帷幄復無謀。不言班定遠，應爲萬里侯。
　　　　燕客思遼水，秦人望隴頭。倡家遭強聘，質子值仍留。
　　　　自憐才智盡，空傷年鬢秋。

　　△　楚材稱晉用，秦臣即趙冠。離宮延子產，羈旅接陳完。
　　　　寓衛非所寓，安齊獨未安。雪泣悲去魯，悽然憶相韓。
　　　　唯彼窮途慟，知余行路難。

　　詩多，表略。

（三）陶潛〈歸園田居五首〉

　　〈歸園田居〉五首，是淵明賦〈歸去來辭〉以後所作，時間相隔
應當不久。歸去來辭作於「乙巳歲十一月」（即義熙元年），故吳仁傑、
李辰冬都將詩繫在義熙二年〔註25〕。

　　這組詩，全是描寫田園生活的情趣，爲後世開出田園詠懷的一
派，儲光羲、王維、孟浩然、韋應物、柳宗元都受影響。第一首有序
詩性格，欣幸逃離樊籠，返歸自然。其下就田園生活，雜申所懷。歷
來以爲其二、其三兩首含有寓意，如劉履註「常恐霜霰至，零落同草
莽」云：「是時期廷將有傾危之禍，故有是喻。」東坡說「夕露霑我

〔註25〕繫年根據是第一首詩的「誤落塵網中，一去三十年」，吳氏認爲三十
是「十三」誤倒，依太元十八年廿九歲初爲祭酒，順推十三年正四
十二歲。李氏認爲三是「已」字之誤，依太元二十年，廿四歲始鎮
軍參軍，順推十年是三十四歲。

衣」云：「以夕露霑衣之故，而違其所願者多矣」，把霜霰、夕露看成亂黨小人，這種說法，可備參考。

首　數	首　　句	詠　　懷　　意　　旨
1	少無適俗韻	歸返園田的愉快心情。
2	野外罕人事	田園清閒，只擔心霜雪摧害農作。
3	種豆南山下	種豆除草，心願長此歸隱。
4	久去山澤遊	憑弔故墟，感慨人生如幻。
5	悵恨獨策還	寫田園生活的欣然自得情狀。

第四節　以「詠史」爲題

　　「詠史」爲題，出於班固。班固之作，專詠緹縈救父故事，鍾嶸譏爲「質木無文」，但詠史一派，卻是由此開出。建安之時，阮瑀有〈詠史〉二首（分詠三良、荊軻），王粲有〈詠史〉一首（詠三良），曹植亦有〈三良詩〉，可能是鄴下遊宴的命題共作，並非意在託寄。談到六朝著名的詠史典範，首推左思的〈詠史八首〉。胡應麟云：「太沖〈詠史〉，景純〈遊仙〉，皆晉人傑作。詠史之名，起自孟堅，但指一事。魏杜摯贈毋丘儉，疊用入古人名，堆垛寡變。沖題實因班，體亦本杜，而造語奇偉，創格新特，錯綜震蕩，逸氣干雲，遂爲古今絕唱。」（《詩藪》外編卷二）於詠史源流，頗有所見。

　　按六朝詠史詩作，多是單篇，有的著題「詠史」，有的標明詠歎人物，由《昭明文選》詠史一目，昭然可見〔註26〕，如張協、（晉）曹毗、宋孝武帝、鮑照，各有詠史詩一首〔註27〕，而盧諶有〈覽古〉

〔註26〕《文選》詠史類選錄王仲宣〈詠史〉一首，曹子建〈三良詩〉一首，左太沖〈詠史〉八首，張景陽〈詠史〉一首，盧子諒〈覽古〉一首，謝宣遠〈張子房詩〉一首，顏延年〈秋胡詩〉一首，〈五君詠〉五首，鮑明遠〈詠史〉一首，盧子陽〈詠霍將軍北伐〉一首，題目正分兩類。

〔註27〕張協詠二疏，曹毗詠軒轅，宋孝武帝爲轟政、荊軻合詠，鮑照則詠

（詠藺相如），陶潛有〈詠二疏〉、〈詠三良〉、〈詠荊軻〉諸作，鮑照
有〈蜀四賢詠〉（四賢爲司馬相如、嚴君平、王褒、揚雄），（宋）謝
瞻有〈詠張子房〉，（梁）虞羲有〈詠霍將軍北伐〉，（梁）鮑機有〈詠
伍子胥〉，（陳）阮卓有〈詠魯仲連〉，然並無成組。陶潛三首，若冠
以詠史總題，則可擠入組詩之林。眞正著題詠史，且以組詩形式出現，
漫漫六朝，僅有左思八首及袁宏二首。

　　關於詠史的類型模仿，可見於左思詠史，鮑、江擬作：

△　濟濟京城內，赫赫王侯居。冠蓋蔭四術，朱輪竟長衢。
　　朝集金張館，暮宿許史廬。南鄰擊鐘磬，北里吹笙竽。
　　寂寂揚子宅，門無卿相輿。寥寥空宇中，所講在玄虛。
　　言論準仲尼，辭賦擬相如。悠悠百世後，英名擅八區。

（左思〈詠史〉其四）

△　五都矜財雄，三川養聲利。百金不市死，明經有高位。
　　京城十二衢，飛甍各鱗次。仕子影華纓，遊客竦輕轡。
　　明星晨未稀，軒蓋已雲至。賓御紛颯沓，鞍馬光照地。
　　寒暑在一時，繁華及春媚。君平獨寂寞，身世兩相棄。

（鮑照〈詠史〉）

左思詠的是揚雄，鮑照詠的是嚴君平，都是借王侯豪富來反襯學者隱
士藐視富貴的超拔精神，同時寓含「憫夫寒士下僚之不達，而惡夫逐
物奔利者之苟賤無恥」（方虛谷語）的同情與批判。前半的奢華與後半
的寂寞，形成強烈對照，這是左、鮑共同的表現方式，而嚮慕的人物
高格，經此對照而更形凸顯。江淹〈雜體〉擬「左記室思〈詠史〉」，
也是以同樣方式表現。至於論到詠懷性質，江淹一生青雲平順，有無
寄託暫置不論，左、鮑之詩，一般批評都認爲是自我詠懷。左思寒微，
仕路不通，詩中肯定學者揚雄的學術價值，其實也是肯定自己立言不
朽的努力方向，以抒吐高志侷促之懷。有關鮑詩，劉履說是「此篇本
指時事，而託以詠史」，「亦明遠退處既久，而因以自況」（《選詩補注》），

嚴君平。

詩中自比繁華之外悟道獨行的君平，詠史的客觀性質即轉爲主觀性質。

　　類似的情形，以陶潛詠史爲例。何孟春認爲：「魏・阮瑀有詠二疏、三良、荆軻詩〔註28〕，淵明擬之，厥意固有在矣。」黃文煥云：「此則以弔古之懷，灑傷今之淚也。」(《陶詩析義》)陶澍云：「古人詠史，皆是詠懷，未有泛作史論者。淵明云：厚恩固難忘，投義志攸希(《詠三良》語)，此悼張禕之不忍進毒，而自飲先死也。況二疏明進退之節，荆軻寓報讎之志，皆是詠懷，無關論古。」(《陶靖節全集注》)儘管三詩牽涉的時事，不可隨便猜測，但淵明詠史具有類型模仿及濃厚的詠懷色彩，則是無可置疑。

　　以「詠史」爲題的組詩類型，風格即在「皆是詠懷，無關論古」，充滿詩人的理想與感慨。詠懷、論古分別作爲詠史的寫作方式，可用清・李重華對於詠物二法的區辨說明〔註29〕。論古乃是「將自身站立在旁邊」，從事對歷史人物的客觀描述，以及理性批判，有如史書的贊論之體，但與作者自身的存在處境毫無牽連。進入詠懷層次，則是「將自身放頓在裏面」，轉移純粹客觀的歷史描述，使和自我的存在處境息息相關。在息息相關之中，歷史人物的存在活動，遂化爲個人生命的主觀投影，成爲藝術時空交織交融的一體，於是透過歷史事象的沈思反省，表達自我的批判與認同之際，自然具有「託古見己」或「借古諷今」的意味，這也是以「詠史」爲題的詠懷類型最顯著的特色。左思的詩，正是最好的註腳。鍾嶸評爲「文典以怨，頗爲精切，得諷諭之致」，所謂「怨」，是個人存在遭受挫折的落拓不平，所謂「諷諭」，是對現實政治、社會不滿而作的婉轉託諷。質言之，不離申述理想心靈的「見己」，以及譏刺現實不平的「諷今」。

　　詩人主觀地介入歷史世界，詠史的重心即全然不在歷史本身，

〔註28〕今存阮瑀詩，沒有詠二疏之作。魏晉間僅張協有一篇，也是借史詠懷。協知幾避禍，見天下已亂，遂屏居草澤，因此詠二疏(漢・疏廣、疏受)的棄官歸田以見志。

〔註29〕《貞一齋詩說》：「詠物詩有兩法，一是將自身放頓在裏面，一是將自身站立在旁邊。」見藝文本《清詩話》下，頁1187。

而在「彼時彼事」所影射的「此時此事」，歷史與自身構成類比或隱喻的關係〔註30〕。當詩人詠歎懷慕中的英雄、高士形象，其實就是在歷史世界中尋取自我的古典畫像，藉以在現實存在中肯定自己的價值。左思的仰慕魯連，追步許由，不僅在於理想心靈的異代相通，而且即以魯仲連、許由為「我」——為自我的古典畫像。魯仲連的功成身退，許由的逸俗高蹈，高風凜然，不著人間勢利習氣，詩人即在觀照的認同感中，肯定自己的人物高格，肯定自己比攀龍附鳳的名利中人高出一截，從此中守住人的節操，也從此中抒洩寒微不用的鬱情。反之，使理想素抱遭挫的現實政治與社會經驗，便化為歷史世界中的類似經驗，用古事寫今朝。王瑤曾云：「當時流行的詠史詩，其基本性質和另外一種遊仙詩，實在沒有什麼分別。作者所要說的是自己的感懷，並不是史事的考證，則他對於歷史上某些事件的看法，也只是那些事件中底人的活動；就是說他常常會情不自已來設身處地在古人的地位裏，主觀的成分特別重。而史實中所最使他們感動不已的，一種是那些事實本身即富有可歌可泣或傳奇式的性質，也就是富有戲劇性或小說性的故事。一種即是和他們自己的現實生活有關的，足以引起他們對當前各種現象的感懷的材料。」〔註31〕他的論旨，也和本文意脈相通。

詠史類型的作品，到了左思，眼界始大，感慨遂深。〈詠史〉八首，其一起以壯士，其八歸於不偶，合構而成一幅壯士不偶的形象，正如他的雜詩所云：「壯志局四海，塊然守空堂」。個人的懷抱與不平，洋溢於中六首的歷史人物之間。就八首結構衡量，有人視為有機的整體，其實除了一、八不能互倒之外，中六首缺乏章與章之間意思的層次推展，位置可以互相轉易，所以向非真正的連章結構，不可視為連

〔註30〕李重華所見略同：「比不但物理，凡引一古人，用一故事，俱是比。」（《貞一齋詩說》）不詠詠史類型的比，不是句中偶用的小比，而乃全幅是比，全詩是個比體結構。

〔註31〕見《中古文人生活》中〈擬古與作偽〉一文，輯入王瑤《中古文學史論》（長安出版社），頁127。

章組詩來討論。而僅作爲組詩而言，八首正是寒微之際不已於情的苦悶象徵。九品官人制下，寒門志士抱影自憐的多端感觸，透過組詩而得以展其義、騁其情，傳繪百代，寄意千古。

左思〈詠史〉的獨特性格，觀第一首精神自見。詠史必從歷史人物或事件的詠歎開始，這是詠史的一般規矩；而左思的詩由「我」開始，自吟自唱，不由規矩，別開蹊徑。

> △　弱冠弄柔翰，卓犖觀群書。長嘯激清風，志若無東吳。
>
> 　　鉛刀貴一割，夢想騁良圖。左眄澄江湘，右盼定羌胡。
>
> 　　功成不受爵，長揖歸田廬。（其一）

詩中自許是個功成身退的英雄，儼然以魯仲連爲自我畫像。八首的詠懷精神，由這篇序詩全盤發露。

在他主觀介入的歷史世界裏，英雄、高士、學人、義士的奇逸豪壯之行，都能引發屬自內心的擊節讚歎，如段干木、魯仲連、揚雄、許由、荊軻，都是與詩人理想互通聲息的人物：

> △　吾希段干木，偃息藩魏君。吾慕魯仲連，談笑卻秦軍。
>
> 　　當世貴不羈，遭難能解紛。功成恥受賞，高節卓不群。
>
> 　　（其三）
>
> △　寂寂揚子宅，門無卿相輿。悠悠百世後，英名擅八區。
>
> 　　（其四）
>
> △　被褐出閶闔，高步追許由。振衣千仞岡，濯足萬里流。
>
> 　　（其五）
>
> △　荊軻飲燕市，酒酣氣益震。雖無壯士節，與世亦殊倫。
>
> 　　高眄邈四海，豪右何足陳。（其六）

而與這些人物對反的王侯豪富，只是詩人卑視的市井儈父，他們是由世族餘蔭，託庇成林，並無眞正的國家意識，實質的抱負理想。其三揚雄的立言不朽，其四許由的振衣濯足，其五荊軻的豪氣干雲，都在恣意對顯王侯豪富的渺不足道。然而實際的社會情形，則是貴者自貴，賤者自賤，「上品無寒門，下品無世族」，這種現象的根源久遠，由來非一朝一夕之故，但沿襲曹魏掄才取士的九品官人之制，卻不能

稍辭其咎。其二云：「世胄躡高位，英俊沈下僚。地勢使之然，由來非一朝。」是對這種「高門華閥，有世及之榮；庶姓寒人，無才進之路」的批判。選舉制度掌握在身家之念重的達官貴人之手，青年才俊的沈淪自是必然。處在這等士不遇的困境，詩人才對歷史世界中一切才人志士的悲劇命運，產生蕭條異代的由衷同情：

△　金張藉舊業，七葉珥漢貂。馮公豈不偉，白首不見招。

（其二）

△　主父宦不達，骨肉還相薄。買臣困樵採，伉儷不安宅。

陳平無產業，歸來翳負郭。長卿還成都，壁立何寥廓。

（其七）

不遇之時的馮唐、主父偃、朱買臣、陳平、司馬相如，其實就是左思的歷史化身。而詩人也意料到自己的可悲命運：「何世無奇才，遺之在草澤」，自己可能成爲遺落蒿萊的寶劍。要做爲一個理想中的英雄，而實際的運命何其迍邅。

第八首又是十足不扣的不遇形象：

△　習習籠中鳥，舉翮觸四隅。落落窮巷士，抱影守空廬。

出門無通路，枳棘塞中塗。計策棄不收，塊若枯池魚。

（其八）

雖是詠歎不遇時的蘇秦、李斯，其實正是自己眼前的寫照。詩人在此首中，由蘇李的同情，又轉而領悟由蘇李的悲劇下場所隱示的：富貴榮華之不足恃，而以安貧知足的「達士」自勉，末段議論，正呼應第一首的功成身退。不遇情深，而孤高自賞。組詩八首，呈現寒微左思的完整形象。

綜觀左思詠史的內容，至少有三點值得注意：一、傾訴功成身退的理想懷抱。二、對世族權位的不滿與人間富貴的卑視。三、對傳統士人不遇困境的深刻同情與感慨。〈詠史〉八首，不僅在其個人作品中具有代表性〔註32〕，而且爲以詠史爲題的詠懷組詩奠立典

〔註32〕左思詩今存十四首：〈悼離贈妹〉二、〈詠史〉八、〈招隱〉二、〈雜詩〉一、〈嬌女詩〉。以〈詠史八首〉爲代表作。劉勰云：「左思奇才，

型。其對後世的影響，直開有唐一代的詠史方向。近人方瑜研究「唐詩形成過程中內容的擴大」，有言：「自從左思借史事抒感懷，爲詠史詩指出新方向後，唐人詠史大多沿此方向進展，選取歷史或本朝故事中悲劇主角的命運、遭遇爲題材，由引史抒懷，而發議論、感慨，進而衍爲對富貴榮華、人生無常的悲感，及對史事、時事的諷喻譏刺。」〔註33〕總之，這一方向正如陶澍提出的詠史宣言：「皆是詠懷、無關論古」，是由論古進入詠懷層次的表現。它不引導讀者客觀認識歷史的面目，而引導讀者由古人古事通向詩人的主體心靈及其時代現象。袁宏繼步，在表現上議論漸生，不過歷史感情沈深〔註34〕。唐代續軌，有盧照鄰〈詠史〉四首，李華〈詠史〉十一首，劉禹錫〈詠史〉二首，白居易〈讀史〉五首，張祐〈詠史〉二首，充分證明這一類型的存在。

（一）左思〈詠史八首〉

首 數	首 句	歷 史 人 物
1	弱冠弄柔翰	
2	鬱鬱澗底松	馮唐
3	吾希段千木	段干木、魯仲連
4	濟濟京城內	揚雄
5	皓天舒白日	許由
6	荊軻飲燕市	荊軻
7	主父宦不達	主父偃、朱買臣、陳平、司馬相如
8	習習籠中鳥	蘇秦、李斯

業經覃思，盡銳于三都，拔萃於詠史。」（《文心雕龍・才略篇》）
〔註33〕見方著《唐詩形成的研究》，頁101。
〔註34〕《世說新語・文學篇》載袁宏少貧，爲人傭載，在江中自詠所作詠史詩，甚有情致，可知是貧微寄情之作。《晉書・文苑・袁宏傳》：「曾爲詠史詩，是其風情所寄。」

（二）袁宏〈詠史二首〉

首　數	首　　句	歷　　史　　人　　物
1	周昌梗概臣	周昌、汲黯、陸賈
2	無名困螻蟻	揚惲

第五節　以「遊仙」爲題（附陶潛〈讀山海經〉）

　　「遊仙」爲題，起自曹丕、曹植。曹植有「遊僊」一首，曹丕有「折楊柳行」一首，根據《藝文類聚》，丕詩原題作〈遊仙詩〉〔註35〕。然遊仙之作，不只限於以「遊仙」爲題。

　　遊仙詩滋盛於六朝，乃是中國詩史的特殊現象。尋繹其產生的原因，至爲複雜。自社會、思想層面來看，時代社會的動亂和道教的崛起，隱士之風與老莊思想的興盛，均大有關係，而且相融交織，難分難解。這些原因，促使詩人深深冥契山林仙隱的高姿，借世外桃源仙境作爲心靈的寄託，且使仙隱生活成爲一代文士的嚮往〔註36〕，化爲詩歌詠讚或寄懷的重要題材。自文學傳統的孕育來說，文學作品中的遊仙之思，由屈原的〈離騷〉、〈遠遊〉首開其端，秦世有〈仙眞人詩〉，兩漢有許多遊仙詩歌〔註37〕，都足以促成六朝詩人的仿擬託詠，再開藝術形式或內容的新境。尤其在社會風氣、思想背景的推動下，傳統

〔註35〕全魏詩作〈折楊柳行〉，丁注云：藝文作〈遊仙詩〉，古樂府作〈長歌行〉。日人鈴木修次〈漢魏詩的研究〉則云：《宋書》〈樂志〉三，《樂府詩集》卷三七，《藝文類聚》卷七八、靈異部、仙道作魏文帝〈遊仙詩〉曰。但《初學記》卷五、地部、總載山，引作魏文帝〈登山遠望詩〉曰。

〔註36〕東漢隱士之風及道教洞天福地的設置，在六朝人生活上有重大影響。李辰冬以「隱的意識」爲這一代文人的特色，文人在政治場合的挫折中都有隱的意識，這是意識的一個面相。其實當時的慕隱，還有對於已成風氣的仙隱生活的美感觀照與精神嚮往。

〔註37〕如淮南劉安的〈八公操〉，樂府〈董逃行〉、〈王子喬〉、〈善哉行〉、〈步出夏門行〉、〈西門行〉、〈艷歌〉，古詩〈生年不滿百〉、〈驅車上東門〉等。

的體式更具有參考的價值。建安時代已有大量創作﹝註38﹞，正始詩人又隨風鼓盪，何晏之徒與阮、嵇，詩歌多雜仙心、玄旨﹝註39﹞，遂大開遊仙詩的風氣。魏晉詩人，幾乎都有遊仙之作，可覘一時之盛。

據近人康萍的研究，六朝遊仙詩的發展是：醞釀於秦漢，大盛於魏晉，而衰頹於南北朝﹝註40﹞。他並認爲魏晉遊仙詩的產生，與時代社會的動亂有關（按：其實只是原因之一）。整體地看遊仙詩，反映六朝隱的意識。

清代何焯分遊仙詩爲二類：正體與變體﹝註41﹞，在近代文學批評上已成通說，如李曰剛先生云：「遊仙詩有兩種傾向：一爲正格，專寫想像中之仙山靈域，追踪赤松子、王子喬，雲遊方外，不食人間煙火。李善曰：『凡遊仙之篇，皆所以滓穢塵網，鉏鋙纓紱，餐霞倒影，餌玉玄都』是也。一爲變格，借歌詠神仙，以表示對現實之不滿與反抗，如曹植、阮籍之作，往往有之。景純顯係繼承後者傳統。」（《中國文學流變史》‧詩歌編上）康萍細分爲四類：一、題名遊仙，內容亦爲遊仙者。二、題名非遊仙，內容實爲遊仙者。三、題名遊仙，內容實非遊仙，甚至反對神仙者。四、題名非遊仙，內容亦非專詠神仙，而有神仙事跡及仙境描述者。且認爲前兩類是遊仙詩的主體，在

﹝註38﹞ 如曹操的〈氣出唱〉、〈精列〉、〈陌上桑〉、〈秋胡行〉，曹丕的〈折楊柳行〉，曹植的〈升天行〉、〈仙人篇〉、〈遊僊〉、〈五遊詠〉、〈善哉行〉、〈平陵東行〉、〈苦思行〉、〈遠遊篇〉、〈桂之樹行〉、〈飛龍篇〉、〈陌上桑〉等。

﹝註39﹞ 《文心雕龍‧明詩篇》云：「正始明道，詩雜仙心。何晏之徒，率多浮淺。」何晏之詩，大多不傳，不足爲證。而阮、嵇則有許多作品，足堪證明。阮詩如其十、廿三、卅二、卅五、四十、四一、五十、五五、五八、六五、七三、七六、七八、八一等。嵇詩如〈秋胡行〉其六、七。〈贈秀才入軍〉其七、十六、十七。〈答二郭三首〉其二，〈遊仙詩〉，〈述志詩〉等。

﹝註40﹞ 見康萍〈論魏晉遊仙詩的興衰與類別〉一文，《中外文學》第三卷第五期，總號廿九。

﹝註41﹞ 《義門讀書記》卷二：「何敬祖（邵）遊仙詩，遊仙正體，宏農其變。」這種見解源於鍾嶸、李善對郭璞遊仙性格的分辨，屬於古人共同的看法。

魏晉最爲常見。第三類很少出現，僅見於郭璞的〈遊仙詩〉。至於第四類，只是受遊仙思想影響的產品，並非眞正的遊仙詩〔註42〕。其後，唐亦璋氏別從內容旨趣分類研究，劃爲四類：一、漫遊仙境，歌頌仙人之樂。二、成仙可解脫生之苦悶。三、成仙之道、採藥、服藥。四、成仙無望〔註43〕。這些區分，正爲遊仙類型提供進一步的了解。藉遊仙以詠懷的類型，仙界的歌詠只是其中一個要素，它必然要透過仙詠而吐露現世所經驗的矛盾、苦悶。唐氏類分的二、四，即是遊仙詩的詠懷基礎，而康氏類分的第三標出其性格，可稱爲「文多自敘」、「乖遠玄宗」的性格。

　　《文選》立「遊仙」一類，僅選錄何敬宗一首，郭璞七首。其他同題的作品有：嵇康一首，張華三首，成公綏一首，張協一首，庾闡十首，郭璞十四首，（齊）王融五首，袁象一首，陸慧曉一首，梁武帝一首，沈約二首〔註44〕。以組詩形出現的是：張華、庾闡、郭璞、王融、沈約，除了郭詩具有濃烈的詠懷氣息，足爲這一類型的典範以外，其他作品都缺乏個性，不足見出詠懷實質。至於陶潛的〈讀山海經〉，借神話歌詠而寄託遙情，附屬在這一類型中討論。

　　唐代步武郭璞組詩的作品，王績有四首，吳筠有廿四首，許渾有〈學仙〉二首，足可證明這一類型的存在。曹唐作大小遊仙詩〔註45〕，則轉而歌詠男女情愛，這種創舉，自與璞詩的精神分流。清厲鶚作前後遊仙詩百詠，尙沿承郭璞開出的類型。晚清王湘綺有〈遊仙〉五首，借遊仙詠中法戰爭的時事，則是另一創格。這些都可證明後世以「遊仙」爲題的詠懷組詩，仍然是存在的。

〔註42〕同註6。

〔註43〕見唐亦璋先生〈神仙思想與遊仙詩研究〉，《淡江學報》第十四期。

〔註44〕沈約有〈和竟陵王遊仙詩二首〉王融、范雲也均有和詩。

〔註45〕曹唐，唐宣宗時人。辛文房《唐才子傳》云：「作〈大遊仙詩〉五十篇，又〈小遊仙詩〉等，記其悲歡離合之致，大播於時。」唐亦璋先生言：「所謂〈大遊仙詩〉者，是客觀地詠歌一些仙道戀愛故事。而〈小遊仙詩〉者，則在敘述一些人間感情生活韻事。」今存〈小遊仙詩〉有九十八首，〈大遊仙〉十七首，見《全唐詩》。

（一）郭璞〈遊仙詩十四首〉

郭璞（公元 276～324）存詩有廿二首，〈答賈九州愁詩〉一，〈與王使君〉一，〈答王門子〉一，〈贈溫嶠〉一，〈遊仙詩〉十四〔註46〕，無題一，失題三，而遊仙詩是他的代表作。

遊仙詩的性格，是以整組而觀的。自鍾嶸、李善指出璞詩的詠懷實質，後世關於這方面的指點很多，如王船山云：「步兵一切皆委之詠懷，弘農一切皆委之遊仙。」（《古詩評選》）陳祚明云：「遊仙之作，明屬寄託之詞，如以列仙求之，非其本旨矣。」（《采菽堂古詩選》）沈德潛云：「遊仙詩本有託而言，坎壈詠懷，其本旨也。」（《古詩源》）厲鶚云：「至於宏農之始唱，實爲屈子之餘波，事雖寄於遊仙，情則等於感遇。」（〈前後遊仙詩百詠〉自序）何義門云：「景純遊仙，當與屈子同旨，蓋自傷坎壈，不成匡濟，寓旨懷生，用以寫鬱。」雖然整組之中，亦有神仙、隱遯的純粹歌詠，但不礙憂生憤世之情的寄託，反而反映出意識中的矛盾和發展。程會昌即云：「合諸詩以觀，則景純乃由入世之志難申，故出世之思轉熾，因假遊仙之詠，以抒尊隱之懷，殆無可致疑者。」〔註47〕

關於遊仙詩的寫作年代，陳沆認爲約在明帝太寧二年，《詩比興箋》卷二云：「景純勸處仲以勿反，知壽命之不長，遊仙之作，殆是時乎？青谿之地，正在荊州，斯明證也。」永昌元年，王敦作難，起璞爲記室參軍，至太寧二年之間，乃是璞最不得意的時期，處在朝廷與王敦的矛盾之間，其精神的苦悶可想而知。某些作品作於此時，應無疑問。近人游信利專研郭璞詩，也採此一看法〔註48〕但某些作品作

〔註46〕今存十四首，後四首有闕文。《詩品》所引「奈何虎豹姿」及「戢翼棲榛梗」兩句，《太平御覽》卷三九四「安見山林士，擁膝對巖蹲」兩句，均爲《文選》、《全晉詩》所無，以此推測當時遊仙詩篇數，可能不只現存的十四首。

〔註47〕見程會昌〈郭景純曹堯賓遊仙詩辨異〉一文，載《國文月刊》第十八期。

〔註48〕見游信利〈郭璞遊仙詩的研究〉，《政大學報》第三十二期，頁94。

於以前的可能性，也不能排除。

在遊仙詩裏呈現的郭璞形像，乃是一個騰超自在復又傷苦不已的人物。他既祈慕山林人物的高蹈與神仙的長生久視，寫來有若身臨其境；卻又深深有感現實苦難與人生本限的難於避免，悲來若有無限哀痛。這兩種感情，構成意識裏的矛盾，也使詩風形成高曠與悲慨的兩面。由其一、二、三、六、七、八、九、十、十一、十二、十四幾首，均可見出不執名利，逍遙來去的高曠之懷。如：

△ 翡翠戲蘭苕，容色更相鮮。綠蘿結高林，蒙籠蓋一山。
中有冥寂士，靜嘯撫清絃。放情凌霄外，嚼藥挹飛泉。
赤松臨上游，駕鴻乘紫煙。左挹浮丘袖，右拍洪崖肩。
借問蜉蝣輩，寧知龜鶴年。（其三）

而其二結云：「蹇修時不存，要之將誰使。」其九結云：「逍遙冥茫中，俯視令人哀。」則有騰超不得與哀憫人世之情。在其四、五、十三幾首，這種鬱情表現得極為沈痛深至。如：

△ 六龍安可頓，運流有代謝。時變感人思，已秋復願夏。
淮海變微禽，吾生獨不化。雖欲騰丹谿，雲螭非我駕。
愧無魯陽德，迴日向三舍。臨川哀年邁，撫心獨悲吒。
（其四）

首　數	首　　句	仙人（隱士）	詠　懷　意　旨
1	京華遊俠窟	（莊子、老萊子、伯夷、叔齊）	歌頌遊仙的高蹈，否定仕門豪富
2	青谿千餘仞	（鬼谷子、許由、宓妃）	借鬼谷子表示隱居求仙之懷
3	翡翠戲蘭苕	赤松子、浮丘、洪崖	歌詠山林隱士與列仙遨遊的自在
4	六龍安可頓	魯陽	自嘆學仙的志願難償
5	逸翮思拂霄		慨嘆知遇難求，不如高舉遠遊
6	雜縣寓魯門	陵陽子明、容成公、洪崖、姮娥	慨嘆世人學仙無成
7	晦朔如循環	蓐收、朱羲、安期生	生命短暫，宜隱居求仙
8	暘谷吐靈曜		求仙
9	採藥遊名山	羲和	登仙

10	璇台冠崑嶺	王子喬	尋仙
11	登嶽採五芝		（略）
12	四瀆流如淚		（略）
13	靜歎亦何念		歎生命短暫，才士不遇
14	縱酒漭沆濱		（略）

（二）陶潛〈讀山海經十三首〉

淵明讀山海經、穆天子傳，只是託詠神話，抒發對時局的感慨，這種隱微之意，閃爍在末後數首。宋‧王應麟說：「陶靖節之〈讀山海經〉，猶屈子之賦〈遠遊〉也，精衛刑天云云，悲痛之深，可爲流涕。」何焯引述安溪先生云：「〈讀山海經〉數章，頗言天外事，蓋託寓意言，屈原〈天問〉、〈遠遊〉之類也。」（《義門讀書記》）自來都以爲含有寓意。

從十三首結構來看，第一首是序詩，寫夏日「泛覽周王傳，流觀山海圖」，清閒自得之樂。其二至十二，雜詠二書所記奇異事物，借以寄懷。第十三首旁及論史，作爲結束。有起有結，與左思〈詠史〉相似。這組詩大致是同一時期寫成，無可置疑。前人以爲作於晉、宋易代（約當 421，晉恭帝元熙二年）前後，至於寫在晉亡之前或之後，無法斷定。

觀最後三首，隱喻時事的痕迹甚明。黃文煥曰：「〈讀山海經〉，結乃旁及論史。『當復何及哉』一語，大聲哀號，蓋從晉室所由式微之故，寄恨於此，使後人尋繹，知引援故實以慨世，非侈異聞也。」（《陶詩析義》）陳沆認爲其十三「似追刺晉（安帝）用道子、元顯，致桓玄之亂，爲亡晉之本。末章不復用山海經，其意尤顯。」有個晉宋易代背景，不難明白三首所刺。

首　數	首　　句	詠　懷　意　旨
1	孟夏草木長	幽居耕讀，自得其樂的情懷
2	玉臺凌霞秀	寄託物外之情
3	迢遞槐江濱	

4	丹木生何許	
5	翩翩三青鳥	
6	逍遙蕪皋上	
7	粲粲三珠樹	
8	自古皆有沒	寄託物外之情
9	夸父誕宏志	讚歎夸父的大志
10	精衛銜微木	慨嘆猛志難展
11	臣危肆威暴	臣下恣意為惡，定將難逃刑戮
12	鴟鵝見城邑	慨嘆賢臣放逐
13	巖巖顯朝市	為國者應善用人才，不可親近小人

第六節　以「擬古」為題

六朝的擬古風氣，乃是一代盛行的現象。模擬對象由賦到詩，經文涉筆〔註49〕。

《文選》卷三十、卅一設有「雜擬」一目，視擬古的詩為一類〔註50〕。王瑤論詩的擬古曾云：「詩也有同樣的情形，鍾嶸《詩品》言陸機所擬古詩十四首，幾乎一字千金，今《文選》中存十二首。這種擬作詩的風氣，當時也同樣盛行。《文選》中所錄即甚多，陶淵明、袁淑、鮑照等都有；江淹且有《雜體詩》三十首，分擬諸家。這本是當時盛行的風氣，如果喜歡以前的或同時的一篇作品，就可

〔註49〕陶潛〈閒情賦〉序云：「綴文之士，奕代繼作，並因觸類，廣其辭義」，談到賦的模擬現象。梁簡文帝〈與湘東王書〉云：「未聞吟詠情性，反擬內則之篇，操筆寫志，更摹酒誥之作。遲遲春日，翻學歸藏；湛湛江水，遂同大傳」，論及筆的模擬現象。

〔註50〕文選雜擬類選錄：陸士衡〈擬古〉十二首，張孟陽〈擬四愁詩〉一首，陶淵明〈擬古〉一首，謝靈運〈擬鄴中詠〉八首（雜擬上）。袁陽源〈傚白馬篇〉一首，劉休玄〈擬古〉二首，王僧達〈和琅邪王依古〉一首，鮑明遠〈擬古〉三首，〈學劉公幹體〉一首，〈代君子有所思〉一首，范彥龍〈傚古詩〉一首，江文通〈雜體詩〉三十首（雜擬下）。

以倣效著去習作。」〔註51〕六朝詩題用「擬」、「補」、「仿」、「效」、
「學」、「代」等，都是擬古風氣下的產物。所擬的詩，以漢代樂府、
古詩爲大宗，下及六朝各家詩體。如荀昶有〈擬相逢狹路間〉，傅玄、
張載有〈擬四愁詩〉，謝道蘊有〈擬嵇中散詠松〉，王素有〈學阮步
兵體〉，紀少瑜有〈擬吳均體應教〉等等。王瑤分析擬古的動機，謂
是「一種主要的學習屬文的方法，正如我們現在的臨帖學書一樣。
前人的詩文是標準的範本，要用心地從裏面揣摩、模倣，以求得其
神似。」「從擬或補來入手，正是學習『作』的方法。」這種風氣既
盛，作者也想在同一類的題材上出奇制勝，嘗試與前人一較短長。
尤有進於此者，是作者的擬古動機加入主觀抒懷的因素，不全在學
習作詩的層面上用思，於是擬古詩作，也隱約涵蘊深遠的人生背境，
與章模句擬分流異致。

　　以「擬古」爲題，最早見於曹魏何晏，旋後陸機有〈擬古十四首〉
〔註52〕，擅名一時。何陸二人的倣效典範，均爲漢代古詩〔註53〕，而

〔註51〕六朝擬古之風的考察，詳見王瑤著《中古文人生活》中〈擬古與作
　　　　僞〉一文。此段文字與其下引文，均從其中錄出，以見大略。唯文
　　　　中謂「鍾嶸詩品言陸機所擬古詩十四首，幾乎一字千金」，乃誤讀《詩
　　　　品》評語所致，須得一辯。鍾嶸意爲古詩十四首幾乎一字千金，而
　　　　陸機有擬此十四首之作。否則評論對象爲古詩，反以陸機擬作爲主
　　　　體，豈有是理！以陸機十四首爲主語，則「其外四十五首」當亦爲
　　　　陸機擬作，與實情不合，誤讀可知。

〔註52〕《詩品·上》評古詩：「其體源出於國風。陸機所擬十四首，（陸機
　　　　作爲模擬典範的古詩十四首），文溫以麗，意悲而遠，驚心動魄，可
　　　　謂幾乎一字千金。」則陸機原擬古詩十四首，今存十二首，吳汝綸
　　　　疑佚失二篇爲〈擬驅車上東門〉及〈擬迴車駕言邁〉。

〔註53〕六朝所見漢代古詩，其數量多過今所存者。《詩品》即云古詩十四首
　　　　外，又有「去者日以疎四十五首」，則實有五十九首。《昭明文選》
　　　　選錄十九首，爲其代表作品。《玉臺新詠》選錄八首，又枚乘〈雜詩〉
　　　　九首，與《文選》小有出入。但都是擬古的重要傑作。不言陸機，
　　　　袁宏有〈擬西北有高樓〉，劉鑠有擬〈行行重行行〉、〈明月何皎皎〉、
　　　　〈孟冬寒氣至〉、〈青青河畔草〉，謝靈運有〈擬客從遠方來〉，鮑照
　　　　有〈擬青青陵上柏〉，何晏有〈擬冉冉孤生竹〉，荀昶、鮑令暉、沈
　　　　約、梁武帝、何遜均有〈擬青青河畔草〉，不出蕭徐所選古詩。

所以擬作的動機則微有分野。何氏「雙鶴比翼遊」一詩，借雙鶴遊嬉而詠歎憂禍之情，名爲擬古，實爲詠懷。所以《名士傳》曰：「是時曹爽輔政，識者慮有危機。晏有重名，與魏姻戚，內雖懷憂，而無復退也，著五言詩以言志。」陸氏所擬各篇，則全是爲擬而擬之作，無由探尋亡國之恨，與處在外戚宗室爭權之際的悲哀，故清・李重華評曰：「陸士衡擬古詩，名重當世，余每病其呆板。」（《貞一齋詩說》）六朝擬古，大抵可分如此兩類：借擬詠懷或純粹擬作。

有趣的對比尚存在擬古二大家之間：鮑照與江淹。鮑照集中多擬代之篇〔註54〕，但後代註家都認爲是有所爲而作。江淹筆下廣擬眾體〔註55〕，雖風貌神似，止於神似而已，終不過爲文造情。討論擬古類型，不能不注意此一分野。而循此以觀擬古組詩，著名的陸機〈擬古十二首〉，以及謝靈運的〈擬魏太子鄴中集詩八首〉，屬於純粹擬作，而陶潛的〈擬古九首〉，鮑照的〈擬行路難十八首〉、〈擬古八首〉，則是借擬古以詠懷。

透過擬古，如何詠懷？或擬古的規矩是否會限制中懷的抒吐？這是本文論題下必然涉及的問題。在所有的詠懷類型裏，擬古的類型模仿是屬於自明的，它所需要的「步趨如一」，不僅含有題意上的限制，而且要有文辭的平行應對，如擬古詩的「青青陵上柏」，陶潛則云「蒼蒼谷中樹」，鮑照則云「涓涓亂江泉」。不過這種規矩並非嚴到不能逾越，因此在單篇單擬之外，即有數篇雜擬，如鮑照〈擬青青陵上柏〉，便是專擬一篇，而〈學陶彭澤體〉，黃節補注則云「明遠此篇，當是雜擬而成」。又在「增意而擬」（即廣其辭義）之外，也有「造意而擬」之法，如淵明〈擬古〉其一，擬古詩「青青河畔草」的遊子不歸、閨婦怨歎之意，而中道橫生遊子遇友，頓忘歸期一段，屬於「增意而擬」。

〔註54〕鮑集卷一卷二，均爲擬代樂府之作。卷四有〈擬古〉、〈紹古〉、〈學古〉諸篇，及擬阮、學陶、學公幹體。
〔註55〕江集有〈雜體三十首〉，由「古離別」以下，分擬各家體式，又有〈學魏文帝〉、〈效阮公詩〉。

〈擬古〉其二，擬曹植雜詩「僕夫早嚴駕」，而所詠內容全不相同，子建有遠遊滅吳，自試立功之思。淵明則將往田子泰的故鄉，瞻仰一世節義的高風，這是自出機杼的「造意而擬」。

　　由此看來，若是擬古動機雜有詠懷之想，則擬古只是相當寬鬆的天網，根本無去壓制中懷的抒吐，反而詩人的深情內感，藉此而隱藏在擬古的格式之中，造成詩意寄託極為隱微的表現。王船山曰：「作者意不可問，擬者亦相求於優肅之中，可為獨至之情絕，可至古人同調，故人患已心不至，不患古道之長也。」〔註56〕借擬寄情，必然基於詩人對於人世的真情實感，才能藉此肯定古人作品中的古典情義，也才能在優肅彷彿之中獨抒深慨。

　　至於擬古類型與其他類型的差異何在，也須辨明。雜詩類型是行役感遇之思，隨興抒發，詠懷類型是情志鬱結的因時抒吐，詠史遊仙則是歷史與仙界的深思追慕，它們的類型模仿發生於類型之內，不必定有明顯的模擬現象；擬古類型的模擬典範，則全在類型之外，而且模擬現象公然存在。清‧汪師韓辨別此一分際云：「雜擬者，凡擬古、倣古諸詩是也。擬古類取往古名篇，規摹其意調，其止一二首者，既直題曰擬某篇，而其擬作多者，則雖題曰擬古，仍於每篇之前，一一標明所擬者何篇，此所以別於詠懷、詠史、七哀、百一、感遇、遊仙、招隱、雜詩也。」(《詩學纂聞》)。模擬典範在類型之外，所以其他類型的佳作，都可能成為模擬對象；模擬現象公然存在，則詠懷只能寄藏於模擬之中，這些都是其他類型不必具有的特色。

　　陶、鮑擬古，除了擬自樂府的〈擬行路難〉外，大部份的作品無法確切指明擬自何篇。不過擬作的內容相當廣泛，亦足以看出詩人即是擬古，也不能不存有自己的感懷。這些以「擬古」為題的詠懷組詩，在其他類型外，又自成一個類型。唐人繼步，有李白、韋應物各十二首，顧況三首等，充分證明這一類型的存在。

〔註56〕《古詩評選》卷四，陸機擬古總評之語。

（一）陶潛〈擬古九首〉

　　六朝的擬古組詩，以淵明所作最具有詠懷氣息。劉履云：「凡靖節退休之後，類多悼國傷時托諷之詞。然不欲顯斥，故以擬古、雜詩名其篇云。」（《選詩補註》）古人大抵環繞這一理路，認爲擬古組詩和晉宋易代有關。陳沆箋「榮榮窗下蘭」，認爲是寫「淵明初辭義熙之辟」（《詩比興箋》）。黃文煥注「迢迢百尺樓」，認爲是「感憤於廢帝」（《陶詩析義》）。何孟春注「少時壯且厲」，認爲是晉亡以後憤世之詞，「首陽易水，寓夷齊恥食周粟，荊軻爲燕報讎之意。」至於「種桑長江邊」一首，從宋至今，一致定爲晉亡感憤之作（本事引略）。這種詠懷的解釋方式，定要爲託寓的詩找出本事，都不免穿鑿附會，何況沒有充分證據證成其說。其實只要就詩點到詠懷爲止，不必定指某件本事，才是適當的解釋方式。

　　綜觀九首的內容大旨，大抵以肯定人間的貞節信義爲主。如其一責斥酒肉朋友的「相知不忠厚」，其三的守護門庭，匪石可轉（吳師道曰：此篇託言不背棄之義），其六的不趨炎附勢，以耐寒蒼松自許。以及其二的追慕節士，其五的遠隨貞士，其八的易水荊軻，首陽夷齊，都在肯定人間倫理的大傳統。這一傳統雖然「道喪於世」，只見世俗的澆漓相欺，而在淵明的心中是永恆存在的。而淵明的擬古詠懷所以值得注意，就是因爲從此中透露人物的高格——以古道自愛的人物高格。

　　至於裏面的情傷感慨，其四、其七、其九表現最多。其四一首，有阮籍詠懷格調，從歷史的曠觀，道出富貴榮華的虛幻，山河爭戰，後事愴涼，到此給人一種可憐可傷的透澈了悟。這也是淵明的高曠情深之處。其七佳人的觸景太息，頗有「宇宙間美好事物不能長存」之悲，古來士人託言佳人而吟詠，這裏表現的豈是佳人一己的小小悲傷而已。其九的解釋，歷來和晉室不固，劉裕逼禪交扯一起，說是淵明抒發晉宋易祚的感慨。近人李辰冬的新解認爲是「慨嘆自己的出身微賤」，與左思〈詠史〉：「世胄躡高位，英俊沈下僚」旨意相

同〔註57〕。前說重在「忽值山河改」，後說重在「本不植高原」，義有雙歧，而感慨均極沈深。

在其八的撫劍行遊裏，淵明還有一種孤獨之悲，這是擬古呈現的人物高格與歷史、時代的傷懷背後，至爲寂寞的一種感覺。古代子期、惠施的知音：伯牙與莊周，已成路邊的高墳，世無知音，惟有「獨遊」而已，「不見相知人」，「吾行欲何求」，這種心情，正如「詠貧士」中「知音苟不存，已矣何所悲」的悵觸。淵明有許多詩，常用「孤」、「獨」的字眼〔註58〕，而這首詩整篇在詠歎孤獨的心情——心慕節義，而世無知己的心情。

首　數	首　句	模　擬　典　範	詠　懷　意　旨
1	榮榮窗下蘭	古詩「青青河畔草」	藉遊子負約，責斥盲從無信之人
2	辭家夙嚴駕	曹植雜詩「僕夫早嚴駕」	企慕人間節義，並諷刺苟且求榮的士人
3	仲春遘時雨	張協雜詩「黑蜧躍重淵」	表達隱居不仕的堅決意志
4	迢迢百尺樓	曹植雜詩「飛觀百餘尺」	有感人世追求功名富貴的虛幻可憐
5	東方有一士	曹植雜詩「南國有佳人」	懷慕高士，願與相隨
6	蒼蒼谷中樹	古詩「青青陵上柏」	自比蒼松，高操自守
7	日暮天無雲	古詩「明月皎夜光」	慨嘆青春易逝，好景不長
8	少時壯且屬	阮籍詠懷「少年學擊刺」	心懷節義而世無知己
9	種桑長江邊		（參見上文）

〔註57〕見《陶淵明評論》，頁14。
〔註58〕同上，頁46。李氏檢列使用「孤」、「獨」字眼的詩句，而說：把這些「獨撫」、「獨遊」、「獨邁」、「獨盡」、「獨閒」、「獨樹」、「獨飛」、「孤征」「孤影」、「孤襟」、「孤舟」、「獨閒謠」、「獨策還」、「獨悲歌」、「獨長悲」、「獨行遊」、「獨無依」、「獨不衰」、「獨曠世」、「獨憒憒起」總在一起看，就知道陶淵明無時不孤獨，無處不孤獨，無所感而不孤獨。

（二）鮑照〈擬行路難十八首〉

　　鮑照（421～466？）的詩，以〈擬行路難〉最爲著名，標識鮑詩具有「發唱驚挺，操調險急，雕藻淫艷，傾炫心魂」（《南齊書・文學傳論》語）的藝術特色，對李白的樂府影響甚大。《宋書》所謂「嘗爲古樂府，文甚遒麗」，就是指〈擬行路難〉而言。

　　鮑照志大才高，而出身貧寒，死爲亂兵所殺，詩幾沈埋（齊・虞炎始編次成集），鍾嶸已有「嗟其才秀人微，故取湮當代」之嘆。但其詩在顏謝外，別構一體，「得景陽之諔詭，含茂先之靡嫚。骨節強于謝混，驅邁疾于顏延。總四家而擅美，跨兩代而孤出」，側身元嘉三大家之間，對齊梁詩運有一定影響。黃節曾云：「參軍生不逢辰，憂危辭多，功名志薄，又遇猜主，故隸事過隱，而善自遣辭，章法奇變，有類楚騷」（《鮑參軍詩補注》序）個人遭遇的寒微不順，與隱懷寄辭的幻化千變，在擬古組詩中都有具體而微的表現。〈代蒿里行〉云：「人生良自劇，天道與何人」，〈代挽歌〉云：「傲岸平生中，不爲物所裁」，〈代東門行〉云：「長歌欲自慰，彌起長恨端」，〈代結客少年場行〉云：「今我獨何爲，坎壈懷百憂」，在組詩中也有大致相同的意識經驗。

　　〈擬行路難〉，宋本原有十九首，今存十八首，已佚失一首。關於擬詩的寫作年代，通常依據卒章「丈夫四十強而仕，余當二十弱冠辰」，定爲弱冠之作。陳沆且說：「其當少帝景平之際，元嘉之初乎」，認定是廢帝被弒，文帝登基時有感而作。近人吳丕續《鮑照年譜》因此繫在二十歲〔註59〕。但是否一時作品，則很難說，其六一首，明有「棄置罷官去，還家自休息」之句，應作在弱冠未仕之時。

　　張溥題辭曾從「憂生良深」指點鮑詩（《漢魏六朝百三家集》題辭），看整組〈擬行路難〉樂府，正有很濃的憂生意識，與阮籍〈詠

〔註59〕吳氏依陳沆擬作年代之說，定鮑照生年爲晉安帝義熙元年（405），下推卒年爲宋明帝泰始二年（466）。二十歲正當宋文帝元嘉元年（424）。

懷〉的「憂生之嗟」前後相映。這種意識，展露在「發唱驚挺」（或「氣勁調響」）「雕藻淫艷」的文辭裏面，更有一股霸氣和一段沈哀。陳沆以爲「詩中惻愴於杜鵑古帝之魂，往日至尊之語，若除廢帝（景平三年，即元嘉元年被弒），更無所指。本此以讀全詩，始知富貴不久長之歎，吞聲不敢言之隱，舉非無病呻吟，假設之句。若其他章，亦有兼悼廬陵，別感放臣之什。故音專骯髒，志乏和平，有激使鳴，在誠難飾。」換言之，政局與不遇的感慨，乃是組詩的中心意旨，而組詩中的閨情詠歎，陳氏也自這個觀點理會（陳氏選其一、二、三、四、六、七、八、九，其中二、三、八、九四首屬於閨怨）。如「中庭五株桃」，即認爲悼廬陵王義眞，並引據《宋書》爲證。這種讀詩論世，猜測本事的方法，本篇論文概不採取。只就組詩所涵的文學經驗來說，鮑照是深深有感人世道路的坎坷艱難，孤直之輩往往受人嫉害，志業無成，而悲憤塡膺。因此詩中的憤詞，幾乎構成整組詩作的特色。如：

　　△　心非木石豈無感，吞聲躑躅不敢言。（其四）
　　△　對案不能食，拔劍擊柱長太息。自古聖賢盡貧賤，何況我輩孤且直！（其六）
　　△　念此死生變化非常理，中心愴惻不能言。（其七）
　　△　男兒生世轗軻欲何道，綿憂摧抑起長歎。（其十四）

由人世摧折的悲憤，而對閨怨征怨的離別傷悲，也有一種人世缺憾的同情，因而閨怨征怨，也化爲行路的悲歌。在這種共同的缺憾裏，時間與憂苦對人的催逼，乃是共同領受的事實：

　　△　紅顏零落歲將暮，寒光宛轉時欲沈。（其一）
　　△　含歌攬涕恆抱愁，人生幾時得爲樂。（其三）
　　△　人生苦多歡樂少，意氣敷腴在盛年。（其五）
　　△　人生不得恆稱意，惆悵徙倚至夜半。（其八）
　　△　日月流邁不相饒，令我愁思怨恨多。（其十七）

對於這一缺憾事實的超越，乃是詩裏的任命縱樂之思，由憂苦的極處逼出的曠達。但鮑照的曠達，歷來也被視作悲憤的一種表現：

△　且願得志數相就，壯頭恆有沽酒錢。功名竹帛非我事，
　　　存亡貴賤付皇天。(其五)

△　人生倏忽如絕電，華年盛德幾時見。但令縱意存高尚，
　　　旨酒嘉肴相胥讌。(其十一)

△　但願樽中酒醞滿，莫惜床頭百個錢。直須優游卒一歲，
　　　何勞辛苦事百年。(其十八)

　　整組詩作刻劃的鮑照形象極具概括性。至於組詩結構，和左思〈詠
史〉、陶潛〈飲酒〉一樣，第一首有序詩性質，卒章有結束意味，但
依然不是連章體式。

首　數	首　　　句	詠　懷　意　旨
1	奉君金巵之美酒	時光易逝，徒悲無益，勸人且聽人生不平的高歌
2	洛陽名工鑄為金博山	閨怨
3	璇閨玉墀上椒閣	閨怨
4	瀉水置平地	世路艱險，令人激盪難平
5	君不見河邊草	人生短暫，苦多樂少，應該達觀任命
6	對案不能食	抒發有志不得逞的感慨
7	愁思忽而至	看到墓園杜鵑，有感死生變化，中心惻愴
8	中庭五株桃	閨怨
9	剉檗染黃絲	閨怨
10	君不見蕣華不終朝	人生短暫，終歸墳墓，在生之日，應縱意歡樂
11	君不見枯籜走階庭	人生短暫，終歸墳墓，在生之日，應縱意歡樂
12	今年陽初花滿林	閨婦思念戍邊丈夫
13	春禽喈喈旦暮鳴	戍邊丈夫思念閨婦
14	君不見少壯從軍去	寫征人流離邊塞，思鄉難歸的愁苦
15	君不見柏梁臺	感悟死生盛衰，而有放達逐樂之想
16	君不見冰上霜	時光催逼，志業無成之感
17	君不見春鳥初至時	時光催逼，志業無成之感
18	諸君莫歎貧	窮通有定，悲愁無用，應放開心情飲酒作樂

（三）鮑照〈擬古八首〉

　　〈擬古〉八首，與〈擬行路難〉情調稍有差異：氣勢不那麼凌厲，憤詞不那麼直露，詞藻不那麼艷麗，但詠懷性格則未改變。劉履注「幽并重騎射」，云：「此亦託古以諷今之詩」，方東樹評「鑿井北陵隈」，謂：「起四句，從前『迷方』生來」，又評「束薪幽篁裏」，謂：「極賤隸之卑辱，以寄慨不得展志大用於世也」，都見著詩中有個不遇的鮑照，而把〈擬古〉視爲一種「託言」。

　　除七閨情外，擬詩一致的主題是：不遇。如其一迷方淪誤的儒生，爲己寫照。其二披露懷抱，而有前途茫然之感。其五生世不辰，不覿明世。其六壯士伏櫪，苛吏見侵。擬古之中，主線穿梭。

　　△　南國有儒生，迷方獨淪誤。（其一）

　　△　始願力不及，安知今所終。（其二）

　　△　君來誠既晚，不覿崇明初。玉椀徒見傳，交友義漸疏。
　　　　（其五）

　　△　笞擊官有罰，呵辱吏見侵。不謂乘軒意，伏櫪還至今。
　　　　（其六）

其四由不遇翻出曠達，但被視爲憤詞。詩由洛川頹敗，歸出賢愚同盡之意，而勸人不必專精自苦。陳祚明曰：「每能翻新立論，其託感更深。」

　　△　生事本瀾漫，何用獨精堅。（其四）

整組詩作，尚能映現鮑照形像。「才秀人微」，與悲憤式的曠達，都是鮑照的傷心處。沈德潛批曰：「擬古諸作，得陳思、太沖遺意。」（《古詩源》卷十一）

首　數	首　　句	模　擬　典　範	詠　懷　意　旨
1	魯客事楚王		假託魯客儒生，自慨卑微不顯
2	十五諷詩書	左思〈詠史〉「弱冠弄柔翰」	棄文學武，兩俱無成，前途茫茫，不知終竟
3	幽并重騎射	曹植〈白馬篇〉	託幽并少年，寫出欲立功報國的志願

4	鑿井北陵隈		賢愚同盡，不必專精自苦
5	伊昔不治業		慨嘆生不逢辰
6	束薪幽篁裏		寫困苦生活和不得展志大用的感慨
7	河畔草未黃	古詩「青青河畔草」	閨情
8	蜀漢多奇山		託言離別相忘以寄慨

第四章　詠懷組詩的心靈世界

第一節　心靈世界的涵義

　　心靈世界，依人類心靈的存在而立。人類心靈含藏多端，情感、思想、想像都包涵其中。在人與世界的相關存在中，心靈對於外在世界有許多方面的感知與想像，故心靈中亦宛然呈現世界相，這一存在心靈感知與想像中的世界，稱爲「心靈世界」。

　　心靈世界與現實世界是相對待的，都是文學表現的基礎，文學不全在炫耀語言文字的美感，而是在表現人類感知的世界形相，以這種表現，作爲人生的反映，深入人生的探索，達成淨化情感或關切社會的功能。一般界說：文學是心靈的表現，依於這一理路而建立。在文學理論上，通稱爲「表現論」。

　　中國的「言志」、「詠懷」傳統，理論上系屬於表現論〔註1〕。「志」和「懷」指示心靈世界的存在，「言」和「詠」是予以藝術語言的呈現。這種觀念，幾乎是中國詩人共同的認識。故文學批評，除了藝術風格的品賞之外，最主要在揭發詩人的心靈世界。

　　揭發詩人的心靈世界，依傳統方法，不僅在了解作品本身，而且

〔註1〕劉若愚《中國人的文學觀念》說：有關「詩言志」最著名的敘述見
　　　　於〈詩大序〉……〈大序〉是表達了悠久傳統的表現詩觀。

必須透過作者其人的了解。故參以史傳，製作年譜、作品繫年〔註2〕，在實際批評中地位重要。這種參證的了解，能夠發現作者意識的辯證發展，使心靈世界不是一堆平鋪的心理現象，而是具有結構性的感知情境。但是年譜、繫年的製作，實際有許多困難存在其間，不盡可依，因此作品與史傳仍是主要的依據。探討詠懷組詩的心靈世界，即依於作品及史傳的參互了解。

此外，有些傳統的批評家，在進行參互了解的階段，往往喜歡斷言每篇作品的本事如何。自孟棨的《本事詩》以來，這種批評層出不窮，清代陳沆的《詩比興箋》是個顯例。這種本事批評的方式，雖然是使心靈世界趨向明顯的理想方式，但實際的困難，不只萬千。因為詩的本事考探不易，沒有充足條件，即不能強為附會，而這類批評，往往沒有充足條件，便指出詩的本事必定如此，因此無益於真相的了解，往往容易流於穿鑿附會。沈德潛說阮詩，謂「箋釋者必求時事以實之，則鑿矣」，正是指責這種方法，這種方法本文不取。

本章用義，在藉此表露六朝詠懷詩人在心境和詩境的開拓。人類心靈的感知有通性，也有殊性，藉此探討，當能發現詠懷詩人所感知與想像的世界，與先秦兩漢詩人的異同，由此更深刻地把握詩史的轉變。茲分下列數端，詳述於後。

第二節　士不遇的情懷與憂生的嗟歎

自春秋末年以來，士人「學而優則仕」的出路，幾已固定，透過政治參與，實現經世濟民的懷抱，成為士人的最高理想。六朝雖然玄風獨扇，但詠懷詩人大都具有這種淑世的本願。曹植〈求自試表〉說：「志欲自效於明時，立功於聖世。」他的〈雜詩〉：「閒居非吾志，甘心赴國憂。」（其五）剪滅吳蜀的氣概，洋溢詩文。阮籍自許為當代

〔註2〕年譜以作家生平的考訂為主，作品繫年為附。繫年以考訂作品的年月為主，生平事蹟為附。

雄傑，慨然有澄清天下之志，《晉書》說他「本有濟世志」，〈詠懷詩〉云：「壯士何慷慨，志欲威八荒。」（其三九）又云：「豈若雄傑士，功名從此大。」（其三八）奇情壯圖，雄邁不羣。左思「壯志勃勃，急於有爲」（吳淇語），〈詠史〉云：「長嘯激清風，志若無東吳。鉛刀貴一割，夢想騁良圖。左眄澄江湘，右盼定羌胡。」（其一）有「南夷勾吳，北威九狄」〔註3〕之志。張協少有儁才，一度爲征北大將軍從事中郎，甚想以外交折衝之術，免除邊塞胡漢不絕的紛爭，他在〈雜詩〉中說：「疇昔懷微志，帷幕竊所經。何必操干戈，堂上有奇兵。折衝樽俎間，制勝在兩楹。」（其七）郭璞心存社稷，屢次建言，具見《晉書》本傳。陶潛猛志深潛，並非無意世事，詩中時常「慨然感發，而欲有爲」〔註4〕，〈雜詩〉云：「憶我少壯時，無樂自欣豫，猛志逸四海，騫翮思遠翥。」（其五）儼然一幅志士寫照。鮑照將謁臨川王義慶，答友人說：「大丈夫豈可遂蘊智能，使蘭艾不辨，終日碌碌，與燕雀相隨。」〈擬古〉云：「兩說窮舌端，五車摧筆鋒。羞當白璧貺，恥受聊城功。晚節從世務，乘障遠和戎。」（其二）借擬言志，胸懷遠大。

　　這些以經濟自期的才智之士，當其未與世事深入交接之際，展望周遭的世界與未來的遠景，往往充滿樂觀的自信。等到經歷仕途滄桑，明瞭政場的複雜與污暗之後，往往又感到有志難伸，對未來及世界轉趨失望。這種懷才不遇的困境，也是詠懷詩人心靈的共相。《三國志》陳思王傳謂曹植「抱利器而無所施，常自憤怨」，「每欲求別見獨談，論及時政，幸冀試用，終不能得。既還，悵然絕望」，〈雜詩〉云：「願欲一輕濟，惜哉無方舟。」（其五）才不偶世之感，流露筆端。《晉書》載阮籍「本有濟世志，屬魏晉之際，天下多故，名士少有全者，籍由是不與世事，酣飲爲常」，〈詠懷詩〉云：「生命辰安在，憂

〔註3〕晉武帝〈伐吳詔書〉中語。
〔註4〕吳澄〈詹若麟《淵明集補注》序〉云：「陶子之詩，悟者尤鮮。其泊然沖淡而甘無爲者，安命分也；其慨然感發而欲有爲者，表志願也。」

戚涕沾襟。」（其四七）悲怨涕泣，感慨良深。左思寒微不遇，〈詠史詩〉便是不遇之情的表白，「何世無奇才，遺之在草萊」（其七），對自己的憂傷，擴大爲歷史上志士不遇的憂傷。張協「嫉眾貪位，時或疵其玄之尚白」（張溥語），〈雜詩〉云：「窮年非所用，此貨將安設。瓴甋夸璵璠，魚目笑明月。」（其五）張玉穀謂「此傷懷才莫用」。《晉書》說郭璞「自以才高位卑，乃著〈客傲〉」，〈遊仙詩〉云：「珪璋雖特達，明月難闇投。」也有不遇之思（註5）。陶潛感歎「大僞斯興」的社會風氣，自傷有志不騁，〈飲酒詩〉云：「少年罕人事，遊好在六經。行行向不惑，淹留遂無成。」（其十六）〈雜詩〉云：「日月擲人去，有志不獲騁。」（其二）鍾嶸謂鮑照「才秀人微」，〈擬古〉云：「南國有儒生，迷方獨淪誤。」（其一）諸人皆有士不遇的挫折感，深深感慟生不逢辰。厄窮不遇的困境，於是構成詠懷的核心。

　　六朝詠懷組詩的精神，呈現在「士不遇」的基調上。由士不遇引發的感懷，並非僅限定於君臣間的遇合，它包涵困境中自我的悲傷矛盾，對人世問題的重新反省批判，以及個人尋求的精神超解。因此，政場派系、選舉制度和社會風氣的反省，以及立身操守的堅持，似與不遇無關，而實爲所涵。這種把握，並非毫無依據。司馬遷曾以不遇的情懷，點出古代詩文的精神：「仲尼厄而作《春秋》；屈原放逐，乃賦〈離騷〉；左丘失明，厥有《國語》；孫子臏腳，《兵法》脩列；不韋遷蜀，世傳《呂覽》；韓非囚秦，〈說難〉〈孤憤〉；《詩》三百篇，大抵聖賢發憤之所爲作也。此人皆意有鬱結，不得通其道，故述往事，思來者。」（〈報任少卿書〉）司馬遷繼董仲舒〈士不遇賦〉，作〈悲士不遇賦〉，他的遭遇特別地深契古人的感受。詠懷詩人的不遇之感，也可以陶潛〈感士不遇賦〉爲代表。淵明在序中說：「夫履信思順，

〔註5〕《漢魏六朝詩選注》（泰順書局本）謂本篇：「慨嘆人世才智之士知遇難期，有抱負未必能施展，而且無論窮達都各有其可悲，言外之意是不如隱遁。作者別有〈答賈九州愁詩〉，辭意相似，可以參看。」較其他解釋正確。

生人之善行；抱朴守靜，君子之篤素。自眞風告逝，大偽斯興，閭閻懈廉退之節，市朝驅易進之心，懷正志道之士，或潛玉於當年；潔己清操之人，或沒世以徒勤，故夷皓有安歸之歎，三閭發已矣之哀。悲夫，寓形百年，而瞬息已盡，立行之難，而一城莫賞，此古人所以染翰慷慨，屢伸而不能已者也。」這段慷慨悲憤的心聲，檢討的是立身操守的問題，主題卻是「士不遇」，正如六朝詠懷組詩的萬情千感，不離士不遇的核心。

　　與士不遇的情懷同時呈現，足以窺見心靈另一層面的是「憂生之嗟」。「生」是生命之意，「憂生」即是憂懼世路險巇，和生命的短暫無常。這種心境，與六朝政治的實際矛盾有關，如曹植在魏文朝，阮籍在晉文代，郭璞在王敦羽下，隨時都有被殺戮的危險，所以「憂生」的感觸，也較強烈。謝靈運說曹植「頗有憂生之嗟」（〈擬鄴中集詩〉小序），李善說「阮籍在晉文代，常恐罹謗遇禍，因茲發詠，故每有憂生之嗟」（《文選》詠懷詩注），張溥也說鮑照「憂生良深」（《漢魏六朝百三家集》題辭），大約是有見詩中生命阽危，人生苦短的詠嘆。

　　我們不妨從作品上，探討其所表現的主題，以明當時詩人詠懷的趨向：

甲、壯志無成之歎

　　詠懷詩人原有濟世之志，已如前敘。由於仕途遭遇中的各種阻難，個人既無力排解，又無法作有效的變革，當此之際，回顧個人的理想初衷，黯然孕生壯志無成的嘆息。例如：

　　△　願欲一輕濟，惜哉無方舟。閒居非吾志，甘心赴國憂。

　　　　（曹植〈雜詩〉其五）

　　△　生命辰安在，憂戚涕沾襟。（阮籍〈詠懷〉其四七）

　　△　英雄有迍邅，由來自古昔。何世無奇才，遺之在草澤。

　　　　（左思〈詠史〉其七）

　　△　習習籠中鳥，舉翮觸四隅。落落窮巷士，抱影守空廬。

　　　　（同上，其八）

　△　窮年非所用，此貨將安設。瓴瓶夸璵璠，魚目笑明月。
　　　（張協〈雜詩〉其五）

　△　清源無增瀾，安得運吞舟。珪璋雖特達，明月難闇投。
　　　（郭璞〈遊仙〉其五）

　△　日月擲人去，有志不獲騁。念此懷悲悽，終曉不能靜。
　　　（陶潛〈雜詩〉其二）

　△　日月還復周，我去不再陽。眷眷往昔時，憶此斷人腸。
　　　（同上，其三）

　△　少年罕人事，遊好在六經。行行向不惑，淹留遂無成。
　　　（陶潛〈飲酒〉其十六）

　△　徒設在昔心，良晨詎可待。（陶潛〈讀山海經〉其十）

　△　南國有儒生，迷方獨淪誤。伐木清江湄，設置守黿兔。
　　　（鮑照〈擬古〉其一）

　△　不謂乘軒意，伏櫪還至今。（同上，其六）

這些詩篇，都呈現心靈的一種挫折感，古人或說是「懷才不遇」〔註6〕，或說是「不得展志大用於世」〔註7〕，志向在這些詩裏成爲關注的一個重心，但詩人卻是觀其不展、無成和幻滅。譬如曹植有渡河之心，無方舟以濟，他是深深感到剪吳之志難以實現。他採取了一個隱喻，其他許多詩篇也是如此。

　　壯志無成，前途不再有樂觀的憧憬，然而平生懷抱又徘徊於深心，不願沒世而名不稱。詩人的這種矛盾心情，使他敏銳的察覺時間的逼迫。季節遷流，歲月如駛，似將挾帶此生壯懷同去，讓個人生命留下一片空白。這一悲愴性的覺察，使詩人成爲季節的敏感者，傷春悲秋以抒解中情，這類詩充滿時間意識。例如：

　　　△　榮華難久居，盛衰不可量。昔爲三春蕖，今作秋蓮房。
　　　　　嚴霜結野草，枯悴未遽央。日月還復周，我去不再陽。
　　　　　眷眷往昔時，憶此斷人腸。（陶潛〈雜詩〉其三）

〔註6〕如張玉穀解景陽〈雜詩〉其五說：「此傷懷才莫用，由於世鮮眞識也。」唐士雅亦說：「此景陽傷己不遇而作。」

〔註7〕如方東樹評明遠〈擬古〉其六云：「寄慨不得展志大用於世也。」

> △　憶我少壯時，無樂自欣豫。猛志逸四海，騫翮思遠翥。
> 荏苒歲月頹，此心稍已去。值歡無復娛，每每多憂慮。
> 氣力漸衰損，轉覺日不如。壑舟無須臾，引我不得住。
> 前途當幾許，未知止泊處。古人惜寸陰，念此使人懼。
>
> （同上，其五）
>
> △　日月不肯遲，四時相催迫。寒風拂枯條，落葉掩長陌。
> 弱質與運頹，玄鬢早已白。素標插人頭，前途漸就窄。
> 家爲逆旅舍，我如當去客。去去欲何之，南山有舊宅。
>
> （同上，其七）

淵明的這三首詩，不是一般的傷春悲秋之筆，而是和自己的「猛志」
「前途」有關的時間之歎。時間流逝，春秋代謝，少轉爲老，個人的
志向漸漸得不到展現的機會，因此才會感覺「四時相催迫」。時間逼
人，是壯志無成引出的心靈憂懼。阮詩也有很濃的時間意識，他喜歡
寫黃昏，便是暗示遲暮的心境。例如：

> △　灼灼西穨日，餘光照我衣。（其八）
> △　懸車在西南，羲和將欲傾。流光耀四海，忽忽至夕冥。
>
> 　　（其十八）
>
> △　於心懷寸陰，羲陽將欲冥。（其廿一）
> △　逍遙未終晏，朱陽忽西傾。（其廿四）
> △　願爲三春遊，朝陽忽蹉跎。（其廿七）
> △　晨朝奄復暮，不見所歡形。（其三十）
> △　朝陽不再盛，白日忽西幽。（其三二）
> △　徬徨思親友，倏忽復至冥。（其三六）
> △　忽忽朝日隤，行行欲何之。（其八十）
> △　白日隕隅谷，一夕不再朝。（其八一）

他感覺生命已走向盡頭，不再能有所作爲，正如夕陽無限好，一下將
遁入黑夜。在黃昏的片刻時光，他細細品味著人生世事的悲涼，感到
一切都是倏忽而難以挽留。其廿一說「於心懷寸陰」，很想有番作爲，
但是「羲陽將欲冥」，時近黃昏，快要沒有時間實現心願，時間逼人
的情愫也很鮮明。

　　既發覺壯志將沈沒於時間中，不能實現，同時又了然於個人寂寞摧折的命運，詩人遂更憐憫天地間一切相同命運的生命，哀眾芳之蕪穢，傷美人之遲暮，對殘紅、落葉、美人與思婦寄予深切的同情：

　　　△　南國有佳人，容華若桃李。朝遊江北岸，夕宿瀟湘沚。
　　　　　時俗薄朱顏，誰為發皓齒。俛仰歲將暮，榮曜難久恃。

　　　　　　　　　　　　　　　　　　　　　　（曹植〈雜詩〉其四）

　　　△　日暮天無雲，春風扇微和。佳人美清夜，達曙酣且歌。
　　　　　歌竟長歎息，持此感人多。皎皎雲間月，灼灼葉中花。
　　　　　豈無一時好，不久當如何。（陶潛〈擬古〉其九）

　　　△　君不見春鳥初至時，百草含情俱作花。寒風蕭索一旦
　　　　　至，竟得幾時保光華。日月流邁不相饒，令我愁思怨
　　　　　恨多。（鮑照〈擬行路難〉其十七）

紅顏零落，花草凋萎，和個人命運的類似，固然可說為「隱喻」；但從心靈的關切來說，這是一種感情的擴大，由自憐而擴及天地萬物的同情。詩人之心已超越純自我的感傷，提昇為宇宙性的悲懷，深深憐惜此一滄桑變幻的宇宙。

乙、生命的孤絕寂寞之感

　　士不遇的困境，使詩人的志向閉鎖於自我之內，不能展通於世，大明於時，面對自持的理想，常有人莫己知的哀傷。世無文殊，誰能見賞？這種孤絕寂寞之感，往往隨流俗的鑽營虛偽而加深：

　　　△　獨坐空堂上，誰可與歡者。出門臨永路，不見行車馬。
　　　　　登高望九州，悠悠分曠野。孤鳥西北飛，離獸東南下。
　　　　　日暮思親友，晤言用自寫。（阮籍〈詠懷〉其十七）

這首詩呈現一個天地間完全孤獨的人，獨坐獨登，獨出獨入，這是阮公處在那個時代的感受。誰是知音，可以傾訴心靈的話語？高山曠野，遼闊蒼茫，只有鳥獸飛走，不見相親之人，詩境的寂寥索漠，可謂極矣。吳淇說：「吾非斯人之徒與而誰與？乃獨坐空堂上，無人焉；出門臨永路，無人焉；登高望九州，無人焉；所見惟鳥飛獸下耳。其寫無人處，可謂盡情。」詩裏使用了「獨」、「孤」、「自」的字眼，更

可見阮公的鬱鬱寡歡之情。這種幽獨的情懷，造成詠懷詩中孤寂悲涼的情調。假如：

△　夜中不能寐，起坐彈鳴琴。薄帷鑒明月，清風吹我襟。
　　（其一）

△　四時更代謝，日月遞參差。徘徊空堂上，忉怛莫我知。
　　（其七）

△　灼灼西隤日，餘光照我衣。（其八）

△　鳴雁飛南征，鶗鳩發哀音。素質游商聲，悽愴傷我心。
　　（其九）

△　君子在何許，歎息未合并。瞻仰景山松，可以慰吾情。
　　（其十八）

△　誰言不可見，青鳥明我心。（其廿二）

△　心腸未相好，誰云亮我情。（其廿四）

△　寄言東飛鳥，可用慰我情。（其三六）

這些自我意識很濃厚的詩篇，在詩中都使用「我」字，或寫外界不了解我，或寫我的幽獨自遣，一點都無人間的歡娛之情，與下列的詩境相似：

△　西方有佳人，皎若白日光。飄颻恍忽中，流盼顧我傍。
　　悅懌未交接，晤言用感傷。（其十九）

△　出門望佳人，佳人豈在茲。（其八十）

△　步遊三衢旁，惆悵念所思。（其四九）

△　臨路望所思，日夕復不來。人情有感慨，蕩漾焉能排。
　　揮涕懷哀傷，辛酸誰語哉。（其三七）

△　獨坐山巖中，惻愴懷所思。（其五五）

△　晨朝奄復暮，不見所歡形。（其三十）

詩中的「佳人」、「所思」、「所歡」，或指魏室，或指仙人，或指知音，都似可望而不可即，除了使詩人「人情有感慨，蕩漾焉能排」之外，根本沒有帶來生命的潤澤，阮公依然孤單寂寞。其三七，惻愴特深。曾國藩說：「天之道陰求陽，陽求陰，氣也。人之道男求女，女求男，情也。古人以不遇為不偶，詩騷之稱美人，皆求君求友也。此詩之望

所思，亦求友之意，似有所指。言天時既嘉，道路無塵，而美人不來，能無感慨。」

阮公也常將自己描繪成「孤鳥」、「高鳥」，以寫獨行無友，孤芳自賞的寂寞。例如：

　　△　雲間有玄鶴，抗志揚哀聲。一飛沖青天，曠世不再鳴。
　　　　豈與鷃鷃遊，連翩戲中庭。（其二一）
　　△　願為雲間鳥，千里一哀鳴。（其廿四）
　　△　鴻鵠相隨飛，飛飛適荒裔。雙翮凌長風，須臾萬里逝。
　　　　朝餐琅玕實，夕宿丹山際。抗志青雲中，網羅誰能制。
　　　　（其四三）
　　△　高鳥翔山岡，燕雀棲下林。崇山有鳴鶴，豈可相追尋。
　　　　（其四七）
　　△　焉見孤翔鳥，翩翩無匹羣。（其四八）
　　△　高鳥摩天飛，凌雲共遊嬉。豈有孤行士，垂涕悲故時。
　　　　（其四九）
　　△　鵾鷄鳴雲中，載飛靡所期。（其五六）

鳥在阮公筆下有兩種形象，一是孤飛無侶的「孤鳥」，一是以廣大宇宙為飛翔空間的「高鳥」，兩者都是阮公個人生命的象徵。

陶潛〈擬古〉其八，亦寫世無相知的孤絕寂寞之感：

　　少時壯且厲，撫劍獨行遊。誰言行遊近，張掖至幽州。飢
　　食首陽薇，渴飲易水流。不見相知人，惟見古時邱。路邊
　　兩高墳，伯牙與莊周。此士難再得，吾行欲何求。

詩以撫劍獨遊的壯厲之氣掀起全篇氣勢，而越寫越寂寥淒涼，最後詩人竟孤獨的面對伯牙、莊周的高墳，感慨今世已無可語之人。詩境甚奇，而寄情甚深。

孤獨之境，能保持心智的清明，不隨俗苟且，釣譽沽名，這裏見出詩人堅持理想的高致。淵明詩裏卻有一首寫田父相勸的話：

　　清晨聞叩門，倒裳往自開，問子為誰與，田父有好懷。壺
　　漿遠見侯，疑我與時乖。繿縷茅簷下，未足為高栖。一世
　　皆尚同，願君汨其泥。深感父老言，稟氣寡所諧。紆轡誠

可學，違己詎非迷。且共歡此飲，吾駕不可回。（〈飲酒〉其九）

淵明感受到當時社會的虛偽風氣，大家以利相欺，所以寧願歸田獨處，不願與世同流合污，這是有關個人的操守問題，田父不知，尚以社會處世的一般態度相勸，因此淵明感觸良多，為自己作了些辯護。主旨正如〈感士不遇賦〉所說：「寧固窮以濟意，不委曲而累己。」

丙、人生有限與無常的感悟

六朝政治紛亂及名士殺戮的慘酷，特別使人感悟人生的有限性與無常性。從處在現實危機中的阮籍，我們可以看到這種感受的強烈。例如：

△ 一日復一夕，一夕復一朝。顏色改平常，精神自損消。胸中懷湯火，變化故相招。萬事無窮極，知謀苦不饒。但恐須臾間，魂氣隨風飄。終身履薄冰，誰知我心焦。

（〈詠懷〉其三三）

△ 嘉樹下成蹊，東園桃與李。秋風吹飛藿，零落從此始。繁華有憔悴，堂上生荊杞。驅馬舍之去，去上西山趾。一身不自保，何況戀妻子。凝霜被野草，歲暮亦云已。

（同上，其三）

這兩首都是寫處在晉文代常恐罹謗遇禍的心情。由於現實危機的嚴重，詩人時常擔心片刻之間「一身不自保」，「魂氣隨風飄」，因此焦慮很深。個人生命的有限與隨時可能遭遇的無常，在這裏有切身憂懼的經驗。阮籍常把現實的危機比喻成「凝霜」，領受霜威的慘酷：

△ 凝霜被野草，歲暮亦云已。（其三）

△ 清露被皐蘭，凝霜霑野草。（其四）

△ 良辰在何許，凝霜沾衣襟。（其九）

△ 朔風厲嚴寒，陰氣下微霜。（其十六）

△ 清露為凝霜，華草為蒿萊。（其五十）

名士命運，有如霜威下的野草。這些詩的背後，反映著一個時代的悲哀。

　　詠懷組詩裏充滿人生有限與無常的感悟，富貴榮華常被提出來反省。例如：

　△　春秋非有託，富貴焉常保。朝爲媚少年，夕暮成醜老。
　　　　（其四）
　△　膏火自煎熬，多財爲患害。布衣可終身，寵祿焉足賴。
　　　　（其六）
　△　豈知窮達士，一死不再生。視彼桃李花，誰能久熒熒。
　　　　（其十八）
　△　世務何繽紛，人道苦不遑。壯年以時逝，朝露待太陽。
　　　　（其三五）
　△　晷度有昭回，哀哉人命微。飄若風塵逝，忽若慶雲晞。
　　　　（其四十）
　△　俛仰生榮華，咄嗟復彫枯。飲河期滿腹，貴足不願餘。
　　　　（左思〈詠史〉其八）
　△　六龍安可頓，運流有代謝。時變感人思，已秋復願夏。
　　　淮海變微禽，吾生獨不化。雖欲騰丹谿，雲螭非我駕。
　　　愧無魯陽德，迴日向三舍。臨川哀年邁，撫心獨悲吒。
　　　　（郭璞〈遊仙〉其四）
　△　靜歎亦何念，悲此妙齡逝。在世無千月，命如秋葉蒂。
　　　　（同上，其十三）
　△　人生無根蒂，飄如陌上塵。（陶潛〈雜詩〉其一）
　△　一生復能幾，倏如流電驚。（〈飲酒〉其三）
　△　人生似幻化，終當歸空無。（〈歸園田居〉其四）
　△　一旦百歲後，相與還北邙。松柏爲人伐，高墳互低昂。
　　　頹基無遺主，遊魂在何方。榮華誠足貴，亦復可憐傷。
　　　　（〈擬古〉其四）
　△　君不見城上日，今暝沒盡去，明朝復更出。今我何時
　　　當得然，一去永滅入黃泉。（鮑照〈擬行路難〉其五）
　△　盛年妖艷浮華輩，不久亦當詣塚頭。（同上，其十）
　△　人生倏忽如絕電，華年盛德幾時見。（同上，其十一）
　△　歌妓舞女今誰在？高墳纍纍滿山隅。長袖紛紛徒競

世，非我昔時千金軀。(同上，其十五)

人生的一切不能永恆，這種感悟，使詩人透見宇宙事物的有限與無常。例如：

　△　木槿榮丘墓，煌煌有光色。白日頹林中，翩翩零路側。

　　　(阮籍〈詠懷〉其七一)

　△　不見季秋草，摧折在今時。(同上，其八十)

　△　墓前熒熒者，木槿耀朱華，榮好未終朝，連飆隕其葩。

　　　(同上，其八二)

　△　熒熒桃李花，成蹊將天傷。(同上，其四四)

　△　弱條不重結，芳蕤豈再馥。(張協〈雜詩〉其二)

　△　寒露拂陵苕，女蘿辭松柏。蘚華不終朝，蜉蝣豈見夕。

　　　(郭璞〈遊仙〉其七)

　△　皎皎雲間月，灼灼葉中花。豈無一時好，不久當如何。

　　　(陶潛〈擬古〉其七)

　△　君不見蘚華不終朝，須臾奄冉零落銷。(鮑照〈擬行路難〉

　　　其十)

　△　君不見春鳥初至時，百草含青俱作花。寒風蕭索一旦

　　　至，竟得幾時保光華。(同上，其十七)

宇宙間的事物，皆無永恆的實在性，這便是人生的本質，也是萬物的本質。詩人探索到這形上的層次，從而對於人生有曠達的看法。例如：

　△　勢路有窮達，咨嗟安可長。(阮籍〈詠懷〉其廿五)

　△　窮達自有常，得失又何求。陰陽有變化，誰云沈不浮。

　　　(同上，其廿八)

　△　征行安所如，背棄夸與名。夸名不在己，但願適中情。

　　　(同上，其三十)

　△　是非得失間，焉足相譏理。(同上，其五二)

　△　自然有成理，生死道無常。(同上，其五三)

　△　衰榮無定在，彼此更共之。達人解其會，逝將不復疑。

　　　(陶潛〈飲酒〉其一)

　△　功名竹帛非我事，存亡貴賤付皇天。(鮑照〈擬行路難〉

　　　其五)

　　△　對酒敘長篇，窮途運命委皇天。(同上，其十八)

存亡貴賤屬於命，屬於命的歸於命，不必有是非得失橫梗心中。任命而活，這是詩人精神的超解。

丁、隱的意識

　　詠懷詩人大多有隱的意識，隱是超越不遇困境及現實危機的一種生活方式，也是個人保持清明理想，不與世同流合污的方式。離開仕途，一身清風，不必再面對人事爭奪的嫉恨陷害，危機從此解除，且能從無復所求的生活中，得到自適其性的歡樂。

　　△　園綺遯南嶽，伯陽隱西戎。保身念道眞，寵耀焉足崇。

　　　　(阮籍〈詠懷〉其四二)

　　△　願登太華山，上與松子遊，漁父知世患，乘流泛輕舟。

　　　　(同上，其三二)

　　△　被褐出閶闔，高步追許由。振衣千仞岡，濯足萬里流。

　　　　(左思〈詠史〉其五)

　　△　閒居玩萬物，離羣戀所思。案無蕭氏牘，庭無貢公綦。

　　　　高尚遺王侯，道積自成基。至人不嬰物，餘風足染時。

　　　　(張協〈雜詩〉其三)

　　△　君子守固窮，在約不爽貞。雖榮田方贈，慙爲溝壑名。

　　　　取志於陵子，比足黔婁生。(同上，其十)

　　△　長揖當塗人，去來山林客。(郭璞〈遊仙〉其七)

　　△　尋我青雲友，永與時人絕。(同上，其十二)

阮籍歌詠隱士與遊仙，幾乎占詠懷詩大部份的內容，遊仙也反映隱的意識，郭璞〈遊仙〉走這一路。左思、張協，晚年都屏棄人事，隱居草澤，上面的詩尚能傳達他們心靈的眞實。陶潛則是道地的隱士，他的詩具有隱的意識，乃是理所當然。然而淵明有特別值得一提之處，即是他爲隱的意識開出精神境界。例如：

　　△　結廬在人境，而無車馬喧。問君何能爾，心遠地自偏。

　　　　采菊東籬下，悠然見南山。山氣日夕佳，飛鳥相與還。

　　　　此中有眞意，欲辯已忘言。(〈飲酒〉其五)

△　秋菊有佳色，裛露掇其英。汎此忘憂物，遠我遺世情。
　　一觴雖獨進，杯盡還自傾。日入羣動息，歸鳥趣林鳴。
　　嘯傲東軒下，聊復得此生。（〈飲酒〉其七）

△　故人賞我趣，挈壺相與至。班荊坐松下，數斟已復醉。
　　父老雜亂言，觴酌失行次。不覺知有我，安知物爲貴。
　　悠悠迷所留，酒中有深味。（〈飲酒〉其十四）

在這些詩裏，生活的矛盾與心情的激憤已淘洗盡淨，隱的意識，不再停留在現實的逃避。如阮籍式的「苟非嬰網苦，何必萬里畿」。淵明撫平了生命的裂痕，轉而對隱的生活，有一種喜愛和欣賞，使他在采菊東籬、嘯傲東軒之際，都能感受到精神的寧靜與愉悅。這種物我合一的和諧心境，在平淡生活中拓展出深遠的境界，爲其他詠懷詩人所未臻至。《韻語陽秋》卷三云：「東坡拈出陶淵明談理之詩，前後有三。一曰：『采菊東籬下，悠然見南山。』二曰：『笑傲東軒下，聊復得此生。』三曰：『客養千金軀，臨化消其寶。』皆以爲知道之言。」對於淵明的激賞，不爲無因。

第三節　對現實社會的反省與批判

　　政治社會的問題，原是詠懷詩人關切的重心。詩人的初志，在積極的介入政場，作一些有效的改革，實現平素的抱負。大志無成，現實如故，感傷之餘，退而反省批判各種問題。李善認爲阮詩「志在刺譏」，就是有見詩中對於現實的諷諭。詠懷組詩若從這個角度看，相當於政治社會的批判書，不過詩人爲了避免觸犯當時的政治忌諱，多採用比興託諷的表現方式，文多隱避，意旨晦澀。後代的解釋參稽時事，相互間出入甚大。

　　現實問題，依各人所處的時代而不同。阮籍處魏，感受最深的是司馬氏的奪權鬥爭，與當時政壇佞幸小人的虛僞。左思在晉，特別感到九品官人制的不公，對閥閱世家的豪富奢淫，感到不滿。晉末的陶潛，深深有感時俗的虛僞澆薄，並慨嘆政局上權臣小人的翻

覆無常。這些問題都是客觀的問題，因此感傷之餘，時常浮出詩人的理性批判，與純粹的自傷不同。陳沆箋阮詩云：「其詩憤懷禪代，憑弔今古，蓋仁人志士之發憤焉，豈直憂生之嗟而已哉！」憂國傷時的作品，不能純用個人的「憂生之嗟」來解釋，這種看法，適用於其他詩人。

甲、譏評虛偽之風

司馬氏的篡位奪權，得力於一群提倡名教的禮法之士，如何曾、賈充、鍾會等輩。這羣人依附典午，佐成篡業，在奪權勝利後，搖身變爲朝廷要人，掌弄權柄。由於身爲魏臣，世受魏恩，卻助司馬氏的巧取詐奪，已蒙不忠之譏，故多方以禮法自飾。晉文王以大孝治天下，這羣人便是推動最力者，甚且假借禮法，以報私仇。鍾會讒害嵇康，理由是「康、安等言論放蕩，非毀典謨，帝王者所不宜容。宜因釁除之，以淳風俗。」（《晉書・嵇康傳》）何曾深讎阮籍，亦想假借禮法，流之海外。《世說新語・任誕篇》載：

> 阮籍遭母喪，在晉文王坐進酒肉，司隸何曾亦在坐，曰：「明公方以孝治天下，而阮籍以重喪顯於公坐，飲酒食肉，宜流之海外，以正風教！

然而他們都不意識到自己的不忠，而意識到他人的不孝，動輒要以重典治人，這都顯示禮法之士的虛偽和殘酷。

阮籍深深感知政壇的虛偽之風，對於這羣偽儒深惡痛絕。〈詠懷〉其六七，譏評偽儒貌似君子，內實小人：

> 洪生資制度，被服正有常。尊卑設次序，事物齊紀綱。容飾整顏色，磬折執圭璋。堂上置玄酒，室中盛稻梁。外厲貞素談，戶內滅芬芳。放口從衷出，復說道義方。委曲周旋儀，姿態愁我腸。

以洪生爲代表的禮法之士，行動循規蹈矩，非禮不動，非法不言。「外厲貞素談」四句，揭出他們人格的內外不符之處，這類人的虛偽，已是原形畢露。曾星笠解此詩曰：

此詩蓋刺何曾也。前六句言衣服禮儀，國家自有制度。後八句則極言何曾之虛僞。曾自謂守禮法，然《晉書》本傳云：曾性奢豪，務在華侈，帷帳車服，窮極綺麗，廚膳滋味，過於王者，故詩云：「堂上置玄酒，室中盛稻梁」也。傳又云：正元中爲鎮北將軍，將之鎮，文帝使武帝、齊王攸辭送數十里，曾先勑其子劭曰：客必過汝，汝當豫嚴。劭不冠帶，帝停良久，曾深以譴劭，是外屬貞素，而內鮮明德也。曾日食萬錢，猶曰無下箸處，然動言禮法，是「放口從衷出，復說道義方」也。考《魏氏春秋》云：籍口不言人過而自然高邁，故爲禮法之士何曾等深所仇疾。而籍本傳則云：見禮俗之士，以白眼對之，所謂禮俗之士，蓋謂虛僞如何曾等耳〔註8〕。

曾氏的詮釋精到，能抉出阮籍「穢羣僞之射眞」（〈首陽山賦〉）的心思。陳祚明曰：「禮固人生所資，豈可廢乎！自有託禮以文其僞，售其姦者，而禮乃爲天下患。觀此詩，知嗣宗之蕩軼繩檢，有激使然，非其本意。」他以爲阮籍的蕩軼禮法，是憤慨何曾等僞儒「託禮以文其僞，售其姦」，體會深刻。

　　阮籍在晉文代，所以常恐罹謗遇禍，主要由於僞儒環伺，詩裏對這些佞幸小人充滿憂懼：

　　△　拔劍臨白刃，安能相中傷。但畏工言子，稱我三江旁。

　　　　（其廿五）

　　△　單帷蔽皎日，高榭隔微聲。讒邪使交疏，浮雲令晝冥。

　　　　（其三十）

蔣師爚謂上篇的「工言子」指鍾會，引《晉書》阮籍傳證明：籍本有濟世志，屬魏晉之際，天下多故，名士少有全者，籍由是不與世事，遂酣飲爲常。鍾曾數以時事問之，欲因其可否而致之罪，皆以酣醉獲免。古直說：「鍾會嘗譖嵇康助毌丘儉矣，嵇阮至交，會欲並除之，

則因誕反而譖之文王，乃常事也。」〔註9〕蔣氏又謂下篇「讒邪」云：「當日在朝禮法之士，已疾嗣宗如讎。」〔註10〕僞儒害人，卻以禮法自飾，無怪阮籍覺得這些「委曲周旋儀」的虛僞之士，矯柔造作，令人作嘔！

晉末的陶潛，也感受到當時社會風氣的虛僞，〈感士不遇賦〉序云：「自眞風告逝，大僞斯興，閭閻懈廉退之節；市朝驅易進之心。」世俗羣驅名利追逐，不重視氣節操守，這種虛僞之風，瀰漫一世。〈飲酒詩〉裏流露淵明的譏評：

  △ 道喪向千載，人人惜其情。有酒不肯飲，但顧世間名。

    （其三）

  △ 去去將奚道，世俗久相欺。擺落悠悠談，請從余所之。

    （其十二）

  △ 羲農去我久，舉世少復眞。（其二十）

淵明心嚮的「道」、「眞」，已在澆漓的世俗中失落，現世習聞的是互相欺騙的悠悠之談，而不是進德修業的事。《苕溪詩話》論其〈飲酒詩〉第十二首云：「世俗悠悠，非榮則有利，歧路之惑，多由此也。」又〈飲酒〉其十九云：「世路廓悠悠，揚朱所以止。」淵明作了一個決定：隱居不出，不與世俗之人鑽營求進，同流合污。這樣的決定，使淵明高節獨樹，超越時代的虛僞。

乙、批判高門大戶的奢淫

當時大族閥閱的奢淫，已成門第之風。在阮籍、左思筆下，屢有批判。

阮籍批判曹氏的荒淫誤國，〈詠懷〉其十：

  北里多奇舞，濮上有微音。輕薄閒遊子，俯仰乍浮沈。捷 徑從狹路，僶俛趨荒淫。

這首詩有許多解釋，吳淇認爲：「以當時之事證之，如賈充之張水嬉

〔註9〕 同上，頁22。

〔註10〕黃節《阮步兵詠懷詩註》（藝文本）引，頁64。

以示夏統，蓋閑遊而趨荒淫者。」曾國藩認為：「似譏鄧颺、何晏之徒。」然依蔣師爚的說法，是譏刺魏少帝芳的：

> 《三國志》魏少帝芳紀，何晏有效鄭聲而弗聽之奏。司馬懿廢帝，撰太后令亦云：不親萬幾，日延倡優，是必有閑遊子導以荒淫歌舞者，故起便戒以亡國之音。〔註11〕

同樣的，〈詠懷詩〉其十一，也是指責時人的荒淫：

> 三楚多秀士，朝雲進荒淫。朱華振芬芳，高蔡相追尋。一為黃雀哀，淚下誰能禁。

這首詩也有許多解釋，劉履認為是詠魏主芳被司馬師廢為齊王事，何焯認為：「此篇以襄王比明帝，以蔡靈侯比曹爽，嗣宗爽之故吏，痛府主見滅，王室將移也。朱華句，謂私取先帝才人為伎樂；高蔡句，謂兄弟數出遊也。」古直則以為「此章蓋專為曹爽詠也」，他曾參稽史傳，詳加說明：

> 爽傳又曰：爽飲食車服，擬於乘輿；尚方珍玩，充物其家。妻妾盈後庭，又私取先帝才人七八人，及將、吏師工鼓吹良家子女三十三人，皆以為伎樂。詐作詔書，發才人五十七人送鄴臺，使先帝倢伃教習為伎，擅取大樂樂器、武庫禁兵。作窟室，綺疏四周，數與晏等會其中，縱酒作樂，詩曰：「朝雲進荒淫」指此。〔註12〕

曹氏以荒淫而喪國亡家，阮籍借詩加以託諷。

　　左思的卑視王侯，全然由不遇的感情而來。武帝咸寧四年（276），左思移家京師，當時志氣高昂，甚想有番作為。淹留既久，良圖未騁，漸漸地發覺世家高第的奢淫腐敗，缺乏理想。他的〈詠史詩〉其四云：

> 濟濟京城內，赫赫王侯居。冠蓋蔭四術，朱輪竟長衢。朝集金張館，暮宿許史廬。南鄰擊鐘磬，北里吹笙竽。寂寂揚子宅，門無卿相輿。寥寥空宇中，所講在玄虛。言論準

〔註11〕同上，頁32。
〔註12〕同註1，頁11下。

宣尼，辭賦擬相如。悠悠百世後，英名擅八區。

上半寫王侯的豪華生活，到「南鄰擊鐘磬，北里吹笙竽」，奢淫極矣。
下半以揚雄立言不朽的意旨，反襯王侯豪富的缺乏理想，予以譏評。

丙、對九品官人制的抗議

九品官人的不公，是由於受權門的把持，造成「高門華閥，有世
及之榮；庶姓寒人，無才進之路」（趙翼語）的現象。左思〈詠史詩〉
其二，對這種制度加以抗議：

> 鬱鬱澗底松，離離山上苗。以彼徑寸莖，蔭此百尺條。世
> 冑躡高位，英俊沈下僚。地勢使之然，由來非一朝。金張
> 藉舊業，七業珥漢貂。馮公豈不偉，白首不見招。

前四句取譬表現，以澗底松比喻才高位卑的寒士，以山上苗比喻才拙
位高的世族。中四句明白揭示九品官人造成的不公現象；「世冑躡高
位，英俊沈下僚」。何焯云；「左太沖〈詠史〉『鬱鬱』首，良圖莫騁，
職由困于資地，託前代以自鳴所不平也。」其中應包涵制度的反省。

古直認為阮籍〈詠懷〉其七十二，也是有感九品用人之弊：

> 修塗馳軒車，長川載輕舟。性命豈自然，勢路有所繇。高
> 名令志惑，重利使心憂。親昵懷反側，骨肉還相讎。

古直箋云：

> 陸則軒車，水則輕舟，此貴游勢要之樂也。此豈性命之自
> 然乎！亦視其能繇勢路否耳。劉毅〈請除九品疏〉曰：「上
> 品無寒門，下品無勢族」，曁時有之皆曲有，故此所謂「勢
> 路有所繇」也。蓋魏末九品用人，驅動風俗，其弊已甚，
> 阮公此詩所爲發詠也。太沖〈詠史詩〉曰：「世冑躡高位，
> 英俊沈下僚，地勢使之然，由來非一朝」，亦與阮公同一感
> 慨矣！〔註13〕

取士制度，也成爲詠懷的題材，反映詩人對於政治社會問題的多方關
注和不滿。

〔註13〕同註1，頁52。

第四節　理想人物的造型

　　士人的入世與出世，常牽繫著兩種人物的想像：英雄與神仙。英雄是入世的完美典型，神仙是出世的完美典型，這兩種理想的人物，都是士人「雖不能至，而心嚮往之」的形象。

　　依心理的常情設想，理想人物的嚮往與認同，與生活意識關係密切。士人在淑世的志願高張之時，往往會把自己想成建功立業的英雄；但在領悟人世的混濁坎坷之際，往往又希望自己是逍遙來去的神仙。阮籍是個很好的證明，在〈詠懷詩〉裏，具現著生活意識的轉變，與兩種人物典型的詠歎。

　　破裂紛亂的時代，人們特別期望英雄人物的出現。在阮籍、左思的詩中，不乏英雄的歌頌。《晉書》記載阮籍的「時無英雄」之歎，可代表詠懷詩人的自我期許：

　　　　嘗登廣武，觀楚漢戰處，歎曰：「時無英雄，遂使豎子成名！」
　　　　登武牢山，望京邑而嘆，於是賦豪傑詩。

觀楚漢戰處而嘆，是嘆息曹魏時代缺乏真正的英雄，不足以樹立功業，鞏固太平。望京邑而嘆，則是類似梁鴻一樣，有感大亂將作，時無英雄挽救危亡。阮公的「賦豪傑詩」，無疑是一種自我期許，把自己看成經世濟民的英雄典型。在壯懷勃發時，這是順情而生的自然想像，這種想像，亦彰顯出詩人的高昂志向。

　　破裂紛亂的時代，生命朝不保夕，人們也特別祈求宗教的撫慰，希冀超越人間的紛擾多難，與生命本質的有限無常。仙人隱士，於是成為詩人嚮往的典型，這種表現，術士出身的郭璞便是最好的證明。他的〈遊仙詩〉，藏有現實處境的阽危可慮，一如〈答賈九州愁詩〉所云：

　　　　雖欲凌瞢，矯翮靡登，俯懼潛機，仰慮飛罾。

現世的動亂與危機，激起他追逐仙心，離棄人間的意圖，神仙遂在心靈中浮現，形象鮮明。

甲、威極八荒的英雄

　　阮籍志氣宏放，在他筆下的英雄，亦有揮斥八極的聲勢，興象廣大，雄立宇宙。〈詠懷詩〉其三八：

> 炎光延萬里，洪川蕩湍瀨。彎弓掛扶桑，長劍倚天外。泰山成砥礪，黃河爲裳帶。視彼莊周子，榮枯何足賴。捐身棄中野，烏鳶作患害。豈若雄傑士，功名從此大。

首四句以萬里炎光的明耀廣闊，洪川湍瀨的聲雄勢壯，象徵英雄的氣度聲威；以掛弓扶桑，倚劍天外，來描寫英雄雄立宇宙的姿勢，詞旨壯闊，英雄之氣凜然。其三九更讚許英雄的忠義：

> 壯士何慷慨，志欲威八荒。驅車遠行役，受命念自忘。良弓挾烏號，明甲有精光。臨難不顧生，身死魂飛揚。豈爲全軀士，效命爭戰場。忠爲百世榮，義使令名彰。垂聲謝後世，氣節故有常。

「志欲威八荒」，寫出壯士的慷慨。「效命爭戰場」，寫出壯士的氣節。潘璁說：「衰魏之世，安得有此壯士哉！宜無以繫嗣宗之思也。」朱嘉徵說：「美節義也，當時士多以浮華進者。」〔註14〕這個揮斥八極的英雄，就是阮籍心慕的理想形象。阮籍本有濟世大志，這兩首大概就是早年雄姿英發的寫照。李辰冬先生以「志欲威八荒」，爲阮籍生活境界的第一個時期〔註15〕，所見甚是。

　　阮籍雖然以英雄自許，但默觀時世，發覺「天下多故，名士少有全者」，稍有不愼，即有殺戮之慘，於是有隱遁之思。這一由入世到出世的意識轉變，具見於〈詠懷詩〉其四二：

> 王業須良輔，建功俟英雄。元凱康哉美，多士頌聲隆。陰陽有舛錯，日月不常融。天時有否泰，人事多盈沖。園綺遜南岳，伯陽隱西戎。保身念道眞，寵耀焉足崇。

前四句的英雄之思，在中四句時世已不可爲的情況下，轉而有後四句隱遜之想。陳祚明曰：「使果盛世登庸，豈不甚願，然不可逢也。故知退隱誠非得已，然既時須隱遜，此念宜堅。」仙隱典型成爲阮籍後

〔註14〕見黃節《阮步兵詠懷詩註》引，藝文本，頁75。
〔註15〕見李著《陶淵明評論》（東大圖書公司本），頁86。

期的詠歎中心，是失望中，尋求心靈的出路。這種人物想像的轉變，
應能反證阮籍初期的英雄志氣。

乙、功成身退的歷史人物

左思嚮慕的人物典型，不僅要能建功立業，而且要能持盈守沖，
是屬於「功成身退」式的英雄。這種典型，融合了英雄與隱士的理想。
他的〈詠史詩〉其一，表白得非常清楚：

> 弱冠弄柔翰，卓犖觀羣書。著論準過秦，作賦擬子虛。邊
> 城苦鳴鏑，羽檄飛京都。雖非甲冑士，疇昔覽穰苴。長嘯
> 激清風，志若無東吳。鉛刀貴一割，夢想騁良圖。左眄澄
> 江湘，右盼定羌胡。功成不受爵，長揖歸田廬。

這首詩是自我的寫照，作於晉武帝太康元年（280）。滅吳以前。從自
己弱冠能文敘起，說到邊塞戰爭，有南平東吳，北威羌胡之志，最後
並擬功成歸田，不受爵祿。「左眄澄江湘」二句，意氣何等風發；「功
成不受爵」；二句，姿態何等瀟洒。在左思的意識裏，隱淪的思想與
英雄功業是不衝突的。當他從歷史捕捉英雄形象，也是欣賞功成身退
的類型。〈詠史詩〉其三：

> 吾希段干木，偃息藩魏君。吾慕魯仲連，談笑卻秦軍。當
> 世貴不羈，遭難能解紛。功成恥受賞，高節卓不羣。臨組
> 不肯緤，對珪寧肯分。連璽曜前庭，比之如浮雲。

這首詩以魯仲連作重心，段干木只是陪襯之筆。魯仲連其人，有其壯
懷，也有其高致。「當世貴不羈，遭難能解紛」，是他實現壯懷的一面；
「功成不受賞，高節卓不羣」是他顯現高致的一面。爲人排難解紛，
而視富貴有若浮雲，這種功成身退，持盈守沖的人物，正是左思心目
中的典型。左思於此分辨甚明，「高眄邈四海」的荊軻，他以爲「無
壯士節」，和魯仲連尚有一間之隔。

丙、長生自在的仙界人物

現實危機的煎熬，使人有消極捨離的念頭。阮籍〈詠懷詩〉云：
「苟非嬰網苦，何必萬里畿。」又：「灰心寄枯宅，曷顧人間姿。」

（其七十）正說明在憂苦多難的人世，他是如何的嚮往宗教性永恒和平的廣大世界。永恒，解除生命本質的悲哀；和平，化解現實存在的危機。享有這個世界的神仙，自然成為詩人的理想典型。例如：

　　△　昔有神仙士，乃處射山阿。乘雲御飛龍，噓噏嘰瓊華。

　　　　（其七八）

　　△　昔有神仙者，羨門及松喬。噏習九陽間，升遐嘰雲霄。

　　　　（其八一）

　　△　願登太華山，上與松子遊。（其三二）

　　△　修齡適余願，光寵非己威。安期步天路，松子與世違。

　　　　焉得凌霄翼，飄颻登雲巍。（其四十）

　　△　乘雲招松喬，呼噏永矣哉！（其五十）

仙人的長生自在，不似人生的憂苦短暫，阮籍念茲在茲的詠歎，可見神仙在其心靈中的重要位置。

　　郭璞的遊仙之思，部份要經由阮籍而了解。不過郭璞筆下仙界環境的描寫增多，現實危機的逼迫，並不強烈，神仙的造型，生動而寬和，比阮籍筆下的仙人更富逍遙之趣：

　　△　赤松臨上游，駕鴻乘紫煙。左挹浮丘袖，右拍洪崖肩。

　　　　借問蜉蝣輩，寧知龜鶴年。（〈遊仙〉其三）

　　△　神仙排雲出，但見金銀台。陵陽挹丹溜，容成揮玉杯。

　　　　姮娥揚妙音，洪崖領其頤。升降隨長煙，飄颻戲九垓。

　　　　（其六）

　　△　登仙撫龍駟，迅駕乘奔雷。鱗裳逐電曜，雲蓋隨風迴。

　　　　手頓羲和轡，足蹈閶闔開。（其九）

　　△　尋仙千餘日，今乃見子喬。振髮晞翠霞，解褐被絳綃。

　　　　總轡臨少廣，盤虬舞雲軺。永結帝鄉侶，千齡共逍遙。

　　　　（其十）

郭璞如此專注於描寫神仙，足見神仙在其心靈中的重要位置。其五云：「逸翮思拂霄，迅足羨遠游。」神仙正是其心靈寄託的理想境界。

第五章　詠懷組詩的表現方式與
藝術風格

第一節　詠懷組詩的表現方式

　　對於人世及自身感懷的詠歎，涉及表現方式的問題。有欲詠之懷，究竟如何表現出來，這是本節所要討論的主題。不過表現方式是詩人的陶染所習，在創作時不自覺的運用，抑或辛苦尋思，有意創用，則非本文專論所及。

　　可想而知，即使是表現方式，也有傳統的影響與個人的心得存在。在六朝詠懷之前，詩騷以及漢詩已有各種表現方式，足以提供後人參考。詠懷詩人各因個人的文學認知，在傳統中採擷精華，並透過自己的語言探索，把握一些喜歡的方式，乃是理所當然。

　　《詩經》的表現方式，依衛宏〈詩大序〉〔註1〕及毛傳鄭箋，大致可說爲「賦、比、興」三種手法〔註2〕。鄭司農（眾）云：「比者，

〔註 1〕《詩序》作者，異說甚多，蕭統以爲子夏作，《隋書・經籍志》以爲子夏所創，毛公、衛宏加以潤色。現代視爲衛宏所作，已成通説。依《後漢書・儒林傳・衛宏本傳》云：「初，九江謝曼卿善毛詩……宏從受學，因作《毛詩序》，善得風雅之旨，於今傳於世。」則《詩序》爲衛宏所作，信而有徵。

〔註 2〕賦比興最早見於《周禮・大師》，是六詩（風、賦、比、興、雅、頌）

比方於物也。興者，託事於物。」鄭康成在《周禮‧大師》教六詩下
註云：「賦之言鋪，直鋪陳今之政教善惡。比見今之失，不敢斥言，
取比類以言之。興見今之美，嫌於媚諛，取善事以喻勸之。」〔註3〕
則有直接陳述（賦）和因物喻志（比興）之別。屈騷的表現方式，依
王逸《楚辭章句》，和《詩經》的比興有相通之處：「〈離騷〉之文，
依詩取興，引類譬諭，故善鳥、香草以配忠貞，惡禽、臭物以比讒佞。
靈修、美人以媲於君，宓妃、佚女以譬賢臣，虬龍、鸞鳳以託君子，
飄風、雲霓以爲小人。」用屈騷的比興，不僅限於自然現象的譬諭素
材，更且擴及歷史神話，給予後世多方啓示〔註4〕。這種隱喻和象徵，
是屈騷表現的特色。

　　兩漢古詩，含有沈德潛所謂的「或寓言，或顯言」（《古詩源》卷
四），有的使用婉轉的比興，有的直言其情。由於五言詩類的親緣關
係，更會給六朝詠懷若干影響。

之三，原來可能是樂歌的名稱，並非詩的作法。〈詩大序〉改稱「六
詩」爲「六義」，而詳釋風、雅、頌，略於賦比興，已有孔穎達所謂：
「風雅頌者，詩篇之異體，賦比興者，詩文之異辭耳」（《毛詩正義》）
的傾向。依漢人註解，也以表現方式看待。故原義和漢人之間已有
差距。如以表現方式看待，賦比興是否能總括詩經的表現，則又是
一個問題。

〔註3〕鄭玄的解釋，比興並無本質的區別，而是依外在政教的美惡而分別，
並非比興的善解，故孔穎達不採用。劉勰已從本質分辨二者的不同，
《文心雕龍‧比興篇》云：「比者，附也，興者，起也。附理者切類
以指事，起情者依微以擬議。……比則畜憤以斥言，興則環譬以託
諷。」但這種解釋，對詠懷詩人影響不大。

〔註4〕近人彭毅將屈原作品的隱喻素材分類，大要有：1. 植物。2. 動物。
3. 自然現象。4. 人物。5. 器用。6. 歷史神話。並言：屈賦中最具
有特色的是他運用歷史神話作爲隱喻的素材，這是在《詩經》中不
曾出現過的。《詩經》中固然也有神話的記載，如〈大雅‧生民〉姜
嫄履上帝之跡，但那只是敘事，而非譬喻，其他歷史的事蹟也與譬
喻無關。屈原運用這類神話或歷史，則完全不是出於紀事的目的，
在背後隱含著複雜的寓意，同時也常將他自己參入到神話或歷史中
去。見《文學評論》（書評書目出版社）第一集，彭氏〈屈原作品中
隱喻和象徵的探討〉一文。

　　如果略過修辭的細節不論，從大處看，六朝以前的表現方式，還是可以賦比興統括。這種看法，事實上一直存在中國詩人的文學認知。如明・李仲蒙曰：「敘物以言情，謂之賦，情物盡也。索物以托情，謂之比，情附物也。觸物以起情，謂之興，物動情也。」〔註5〕沈德潛云：「事難顯陳，理難言罄，每托物連類以形之。厥情欲舒，天機隨運，每借物引懷以抒之。比興互陳，反覆唱歎，而中藏之歡愉慘戚，隱躍欲傳，其言淺，其情深也。倘質直敷陳，絕無蘊蓄，以無情之語而欲動人之情，難矣。」（《說詩晬語》卷上）後世好以比興論詩，有輕視賦的傾向（如上引沈氏之說），但以三種手法來論中國詩，則大致相同。依三法衡觀詠懷組詩，雖然有些屬於直賦，然而比興顯然較為重要，此中原因，或有二端：

　　其一，詠懷詩人有不能顯言的背景，如阮籍在晉文代，常慮禍患，郭璞在王敦屬下，恐有不測。其二，直接陳述缺乏藝術韻味，一眼即盡，毫無美感或聯想空間。故詠懷組詩常「託物連類以形之」，「借物引懷以抒之」，以象寓意，以象蘊情。最明顯的如詠史、遊仙，透過歷史和神仙的形象，實際導出的是作者之懷。至於天地萬物，托喻入詩，在組詩中更是常見。今區分其異同，別為五類：

　　甲、敘景言懷

　　乙、詠物喻懷

　　丙、詠史寫懷

　　丁、詠仙託懷

　　戊、直述其懷

近人朱自清研究比興，認為《楚辭》的「引類譬喻」，形成後世（自六朝以下）「比」的意念。並言：後世的比體詩有四大類：詠史、遊仙、艷情、詠物。詠史之作，以古比今，由左思創始。遊仙之作，以仙比俗，由郭璞創始。艷情之作，以男女比君臣，所謂遇不遇之

〔註5〕見王世貞《藝苑巵言》卷一，楊慎《升庵詩話》卷十二，所引皆同。

感（舉唐製為例）。詠物之作，以物比人，起於六朝〔註6〕。除了艷體在組詩較不顯著外，其他三類，都有例子，可與本文互相參證。

　　底下分述組詩的各種表現方式。

甲、敘景言懷

　　這種表現方式，類似鍾嶸為賦下的定義：直書其事，寓言寫物〔註7〕。直接描述當前實景，而其中含蘊一種心境或感情的動向。所詠之懷，於是化作一片風景而呈現，情從景中洋溢於景外。例如：

阮詩其十四：

> 開秋兆涼氣，蟋蟀鳴床帷。感物懷殷憂，悄悄令心悲。多言焉所告，繁辭將訴誰。微風吹羅袂，明月曜清輝。晨雞鳴高樹，命駕起旋歸。

張詩其二：

> 大火流坤維，白日馳西陸。浮陽映翠林，迴颷扇綠竹。飛雨灑朝蘭，輕露棲叢菊。龍蟄暄氣凝，天高萬物肅。弱條不重結，芳蕤豈再馥。人生瀛海內，忽如鳥過目。川上之歎逝，前修以自勗。

陶潛〈雜詩〉其二：

> 白日淪西阿，素月出東嶺。遙遙萬里輝，蕩蕩空中景。風來入房戶，夜中枕席冷。氣變悟時易，不眠知夕永。欲言無予和，揮杯勸孤影。日月擲人去，有志不獲騁。念此懷悲悽，終曉不能靜。

三篇敘景，雖有辭句多寡之異，但從景中傳遞一種心境或感情的動

〔註6〕見《詩言志辨》，頁88。張衡〈四愁詩〉，依屈騷取譬，屬於艷體一類。六朝艷體，則難以確定託意，故朱氏取唐朝作品為例。

〔註7〕鍾嶸對「賦」的新解，已脫離傳統的「鋪陳今之政教善惡」的窠臼。這是六朝形式之言興起之後，對於賦的表現重新衡定的解釋。這句話具有兩層意義：從手法上說，賦是直接描述事物之情景或形貌。由效用而言，則一切事物之描述其目的皆在「寓言」，換言之，從描述的語言中寄託詩人的心意。因此，賦並非比，但賦也有言外之意，也可完成「言有盡而意無窮」的興的功能。參見廖蔚卿著《六朝文論》中〈鍾嶸詩品析論〉部分。

向，則無不同。阮籍無告的殷憂，張協人生短暫的醒悟，陶潛壯志無成的悲悽，若在風景之外，而瀰漫於風景之內。一縷憂思，有如隨月照臨，隨風吹至，隨萬象而呈現，隨節序而變化。

　　這種表現，阮詩和張詩均有許多類似之處，如阮詩其一、八、九、十三、十六、十七、四七、六四、七一，張詩其一、二、三、四、六、九、十。二者之間，若詳加細味，顯然又有不同。阮公描景，寥寥數筆，不重視景緻的詳刻細畫，也沒有明確的主題顯示，如首篇「夜中不能寐」，只使人感到有一股「憂思」的存在，卻不知「憂思」為何，但覺月白風清，鳥號琴鳴，天地萬物與詩人同處於一種孤絕的悲涼之境，這是阮籍的神至之筆。景陽的敘景言懷，則有較為一定的規格，上半敘景，下半言懷，敘景處費心刻劃，言懷處則宣示主題。詩情詩興較不易擴散到形象之外，代表巧構形似之言的特色，如上舉「大火」詩，繁辭麗藻地描繪秋景四聯後，過渡到感懷的宣抒，結構固定，意旨明確，不容稍有猶疑。

　　有時敘景言懷，其中所寫的景物，除了烘托感情的氛圍外，還有暗示人事的作用。如阮詩其九，描述北望首陽的景，中有「良辰在何許，凝霜霑衣襟。寒風振山岡，玄雲起重陰」，「凝霜」、「寒風」、「玄雲」，皆有所喻，喻晉文時的政治高壓。又如張詩其四，在敘述朝曦初上的景後，接以「翳翳結繁雲，森森散雨足，輕風摧勁草，凝霜竦高木」，其中風雨凝霜，也皆有所喻，是比喻八王的亂事。這種藝術匠心，不僅多方的表現詩人之懷，也造成作品更豐富的內涵。

乙、詠物喻懷

　　詠物的詩，多屬於比興的比。採用擬人格的手法，以物自況，攝取某種物象，作為自我身世性情的寫照。換言之，所詠之懷，並不直接表露，而以物象的動作特性呈現。這種表現，不同於齊梁詠物詩的客觀描寫。李重華云：「詠物詩有兩法，一是將自身頓放在裏面，一是將自身站立在旁邊。」（《貞一齋詩說》）詠物喻懷，是將自身頓放

在裏面，物象和自身性格及自身的遭遇構成隱喻關係。在六朝之前，
《詩經‧大雅‧卷阿》的鳳凰歌詠，〈衛風‧淇奧〉的綠竹之歌，屈
原〈九章〉的〈橘頌〉，古詩的「橘柚垂華實」，「鳳凰鳴高崗」，以及
劉楨〈贈從弟〉三首中的「亭亭山上松」，「鳳凰集南嶽」，繁欽的〈蕙
詠〉，都是這種方式的前身。六朝擬古，詠松詠橘至為常見。而在詠
懷組詩中，由於主觀色彩的強烈，更具有特殊意味。唐代張九齡的〈感
遇〉、〈雜詩〉，便受六朝詠物喻懷的餘響。

　　詠物喻懷的物象，大多尋取善鳥香草，虬龍鸞鳳，借以自比良才
美質，以及遭世不偶的命運。例如：

阮詩七九

　　　　林中有奇鳥，自言是鳳凰。清朝飲醴泉，日夕栖山岡。高
　　　　鳴徹九州，延頸望八荒。適逢商風起，羽翼自摧藏。一去
　　　　崑崙西，何時復迴翔。但恨處非位，愴恨使心傷。

顯然這不是純粹的歌詠鳳凰，而是以鳳凰為自身的寫照。百鳥之王的
鳳凰，才德均非凡鳥可比，它的性情高潔，胸懷廣闊，棲翔於九州八
荒。秋風起兮，羽翼摧藏，暗示個人困蹇的遭遇。結語有「處非位」
的愴痛，足見遭世不偶的心「懷」。阮公除了自比鳳凰之外，也以玄
鶴、鴻鵠自比，化鳥類為個人生命的象徵。

例如其廿一：

　　　　雲間有玄鶴，抗志揚哀聲。一飛沖青天，曠世不再鳴。豈
　　　　與鶉鷃遊，連翩戲中庭。

又其四三：

　　　　鴻鵠相隨飛，飛飛適荒裔。雙翮臨長風，須臾萬里逝。朝
　　　　餐琅玕實，夕宿丹山際。抗志青雲中，網羅誰能制。豈與
　　　　鄉曲士，攜手共言誓。

抗志千古，傲岸平生的懷抱，在詠物中隱然可見。

　　陶潛幽居，也常詠物自喻。最有名的如〈飲酒〉其八，以堅貞耐
寒的青松，為自身的象徵：

　　　　青松在東園，眾草沒其姿。凝霜殄異類，卓然見高枝。連

　　　　林人不覺，獨樹眾乃奇。提壺挂寒柯，遠望時復爲。吾生
　　　　夢幻間，何事紲塵羈。

又如〈飲酒〉其四，以失羣鳥爲出仕彭澤時自我的象徵：

　　　　栖栖失羣鳥，日暮猶獨飛。裴回無定止，夜夜聲轉悲。屬
　　　　響思清遠，去來何依依。因值孤生松，歛翩遙來歸。勁風
　　　　無榮木，此蔭獨不衰。託身已得所，千載不相違。

這首詩概括出爲彭澤令，及歸園田居時的一段心情，與比類似的是〈飲
酒〉第十七首，以幽蘭爲喻：

　　　　幽蘭生前庭，含薰待清風。清風脫然至，見別蕭艾中。行
　　　　行失故路，任道或能通。覺悟當念還，鳥盡廢良弓。

湯漢註云：「蘭薰非清風不能別，賢者出處之致，亦待知者知耳。淵
明在彭澤日，有悵然慷慨，深愧平生之語，所謂失故路也。惟其任道
而不牽於俗，故卒能回車復路云耳。」淵明不直陳出仕歸田的經過，
而以飛鳥花木託出中懷，這種表現確使陶詩更耐人尋味。

　　　憤怨遷徙無定的曹植，也曾以「轉蓬」意象寄寓身世，〈雜詩〉
其二云：

　　　　轉蓬離本根，飄颻隨長風。何意迴飆舉，吹我入雲中。高
　　　　高上無極，天路安可窮。

轉蓬雖無德行方面的喻意，但與飄泊的遭遇正合。

　　　詩中物象的選取，往往具有文化理想的意義。對於象的深切認
同，不是物之自身的冥契，而是物象的主觀化、人文化，物象的自然
質性減至最低，而人文意義提至最高，這便是擬人格的手法。這種物
象，不僅在文化傳統中已賦予特殊的深意，而且成爲詩人主觀生命的
具體象徵。故青松、幽蘭、鳳凰、鴻鵠，都寄託了詩人的理想，而不
再是自然的原物。這種表現，在某方面正通向人生境界的層次，而不
是雜抒所懷而已。

丙、詠史寫懷

　　　借史事而抒今懷，通常認爲是左思的〈詠史詩〉獨創的方式，以

比興來說，屬於比體。所以是「比」，因爲歷史事象和自身具有類比關係，透過歷史事象的詠歎，其實都在揭陳自身的志向和遭遇。這種表現方式，和史論式的「粘著一事，明白斷案」不同〔註8〕。清·張玉穀在《古詩賞析》裏，舉出太沖的詠史四式：

1. 先述己意，而以史事證之。　　如其二
2. 先述史事，而以己意斷之。　　如其七
3. 止述己意，而史事暗合。　　　如其五
4. 止述史事，而己意默寓。　　　如其四

每式之中，總是或隱或顯的表達主觀意涵，史事只是藉以寫懷的象罷了。

　　同樣地是寫不遇之感，左思在〈雜詩〉（秋風何冽冽）裏，採敘景言懷的方式，在〈詠史詩〉裏，則尋取歷史人物爲表現的主題。例如：

> 主父宦不達，骨肉還相薄。買臣困樵採，伉儷不安宅。陳平無產業，歸來翳負郭。長卿還成都，壁立何寥廓。四賢豈不偉，遺烈光篇籍。當其未遇時，憂在填溝壑。英雄有迍邅，由來自古昔。何世無奇才，遺之在草澤。（其七）

主父偃、朱買臣、陳平、司馬相如，這些「遺烈光篇籍」的歷史人物，生世也有不遇之時，不遇縮結了歷史棄才的命運，而太沖的不遇之感，於此得以舒解。歷史人物的不遇，正和自身的不遇構成類比。

　　詠史的成熟運用，在南朝衍爲「用事」的表現方式〔註9〕，以顏延之爲首開出的用事之風，大盛於大明、泰始中。用事有正用反用，圓轉自如，用於寫懷，更爲靈活。傷心流寓的庾信，常以這種方式抒

〔註8〕沈德潛云：「太沖〈詠史〉，不必專詠一人，專詠一事，己有懷抱，借古人事以抒寫之，斯爲千秋絕唱。後人粘著一事，明白斷案，此史論，非詩格也。」（《說時晬語》）

〔註9〕鍾嶸云：「若乃經國文符，應資博古，撰德駁奏，宜窮往烈。至乎吟咏情性，亦何貴於用事。」詩的用事，也受文章的影響，但詠史詩的史事運用，應該有直接的影響。

洩羈臣之痛：

> 楚材稱晉用，秦臣即趙冠。離宮延子產，羈旅接陳完。寓
> 衛非所寓，安齊獨未安。雪泣悲去魯，悽然憶相韓。唯彼
> 窮途慟，知余行路難。（其六）

其中每句用事，沒有一句不是寫自己。其十二以這種方式，敘述梁元
帝和岳陽王蕭詧結怨，以致西魏來攻的事：

> 周王逢鄭忿，楚后值秦冤。梯衝已鶴列，冀馬忽雲屯。武
> 安橿瓦振，昆陽猛獸奔。流星夕照鏡，烽火夜燒原。古獄
> 饒冤氣，空亭多枉魂。天道或可問，微兮不忍言。

周王楚后，都是古事，而實則隱喻當前時事。廣義來說，這也是詠史
寫懷的表現方式。

丁、詠仙託懷

描寫仙人仙界，也是詠懷組詩的一種表現方式。仙人仙界只是作
者執取的意象，用以託喻遺世獨立的高情。古直註阮詩五七有謂：「託
之遠遊，乃嗣宗自道其遺世獨立之意」，凡是有所寄託的遊仙詩，都
可作如是觀。同樣的感懷，當然也可以敘景言懷或詠史寫懷的方式展
現，但詠仙託懷特別有其歷史因緣，是其生活意識激出的一種表現。
何焯認為郭璞變體的〈遊仙詩〉，採用這種方式，正如視左思〈詠史〉
為變體，而採用詠史寫懷的方式一樣〔註10〕。其實在郭璞之前，阮籍
〈詠懷〉的部份幾乎可類聚為遊仙組詩。這些遊仙詩，託懷的意味特
重。如其十：

> 北里多奇舞，濮上有微音。輕薄閑遊子，俯仰乍浮沈。捷
> 徑從狹路，傴僂趨荒淫。焉見王子喬，乘雲遊鄧林。獨有
> 延年術，可以慰我心。

這首詩具有時事背景，無可置疑〔註11〕。由於見到閑遊子的輕薄荒

〔註10〕何焯評張景陽〈詠史〉云：「詠史不過美其事而詠歎之，隱括本傳，
　　　不加藻飾，此正體也。太沖多自攄胸臆，乃又其變。」（《義門讀書
　　　記》卷二）
〔註11〕有三說，蔣師爚、古直以為有關齊王芳事，吳淇以為有關賈充之事，

淫，不知自悟，不免有「俯仰乍浮沈」的下場，因而有全生避害之思，歌詠遊仙，是以長生久視的仙人反襯人世沈浮的可悲，以寫其「雖不能避世高舉，猶可全生遠害」（曾國藩語）的心情。

其四一：

> 天網彌四野，六翮掩不舒。隨波紛綸客，汎汎若浮鳧。生命無期度，朝夕有不虞。列仙停修齡，養志在沖虛。飄颻雲日間，邈與世路殊。榮名非己寶，聲色焉足娛。採藥無旋返，神仙志不符。逼此良可惑，令我久躊躇。

在晉文時代政治高壓之下，逢迎的人，八面玲瓏，如「浮鳧」一樣，而未表明政治立場的人，則有朝不保夕的憂虞。如何全生避害？遊仙的幻想，常在詩人的心中浮起，因而詩以詠仙託懷。但這首雖是詠仙，內容卻是對神仙的懷疑。由此可知詠仙託懷，只是個人表現的方式，至於寄託那種情懷，並無一定的限制。

郭璞詩採用這種方式，抒吐人世多難、生命苦短之懷，都以仙人仙界襯托人的世界，並以仙人仙界的追尋，託寄遺世獨立的高情。然而他也在其中吐露不遇的苦悶。例如〈遊仙詩〉其五：

> 逸翮思拂霄，迅足羨遠遊。清源無增瀾，安得運吞舟。珪璋雖特達，明月難闇投。潛穎怨清陽，陵苕哀素秋。悲來惻丹心，零淚緣纓流。

可見這類詩是以詠仙為表，託懷為裏，構成一種表現方式。陶潛〈讀山海經〉詩，也是異曲同工。歷來尚無人說陶詩是純詠遊仙，而是以《山海經》、《周穆王傳》的歌詠託懷，如其十：

> 精衛銜微木，將以填滄海。刑天舞干戚，猛志故常在。同物既無慮，化去不復悔。徒設在昔心，良晨詎可待。

「猛志常在」、「徒設昔心」的自許和自傷，淵明透過精衛填海的神話而表達出來。其末三首託寄的性格更為顯著，進一步也可看出表現方式的可變性。

曾國藩以為有關鄧颺、何晏之事。

戊、直述其懷

　　直述其懷屬賦比興的賦，是最樸實的表現方式，在表現時不攀緣其他的相作間接傳達，只以本身爲相，直接描述。這種方式寫出的詩，通常都以「樸質」的風格評語加以其上。組詩中也有這種寫法，如阮詩三三：

> 一日復一夕，一夕復一朝。顏色改平常，精神自損消。胸中懷湯火，變化故相招。萬事無窮極，知謀苦不饒。但恐須臾間，魂氣隨風飄。終身履薄冰，誰知我心焦。

陶潛〈雜詩〉其五：

> 憶我少壯時，無樂自欣豫。猛志逸四海，騫翮思遠翥。荏苒歲月頹，此心稍已去。值歡無復娛，每每多憂慮。氣力漸衰損，轉覺日不如。壑舟無須臾，引我不得住。前塗當幾許，未知止泊處。古人惜寸陰，念此使人懼。

鮑照〈擬行路難〉其六：

> 對案不能食，拔劍擊柱長歎息。丈夫生世會幾時，安能蹀躞垂羽翼。棄置罷官去，還家自休息。朝出與親辭，暮還在親側。弄兒床前戲，看婦機中織。自古聖賢盡貧賤，何況我輩孤且直。

阮詩直寫處於晉文政期，常恐朝不保夕的憂懼。陶詩直寫壯志消頹，老懷寡歡之情。鮑詩直寫政治黑暗，棄官還家的悲憤，言語明白。這種表現方式，不似敘景言懷，感情可以瀰漫於形相之間，洋溢於形相之外；也不似詠物喻懷，尋求一種物象，爲自我身世性情的寄託；自然也非透過歷史、仙界的間接形象，來反映人世的眞實；它是如是感，如此說，言語都從感情生出，在敘述中，也包涵了無限的情意。

第二節　詠懷組詩的藝術風格

　　六朝詠懷組詩的藝術風格，可分「各家風格」及「共同風格」。

今分述於下：

甲、各家風格

就詠懷組詩與各家的關係而言，可以區分二類，順次討論。一類組詩相當作家作品的全部，足以代表作家的整體風格，如阮籍〈詠懷〉、左思〈詠史〉、張協〈雜詩〉、郭璞〈遊仙〉。一類組詩屬於作家作品的一部份，不能代表作家的整體風格，如曹植的〈雜詩〉，陶潛的〈雜詩〉、〈飲酒〉、〈歸園田居〉、〈讀山海經〉、〈擬古〉，鮑照的〈擬行路難〉、〈擬古〉，庾信的〈詠懷詩〉。

（一）阮　籍

阮籍〈詠懷〉的主要風格，可用「宏邁高遠」一語，概括全體。

這種風格的形成，源自阮公「宏達不羈」的性情（註 12），以及超越存在矛盾的精神探索。在他的詩中，由恢闊的志氣和超拔的精神，開拓出一個境界深遠的廣大宇宙，使人能以高曠之懷來看塵俗的是非名利，淘洗卑瑣狹限的心靈。《文心雕龍・明詩篇》云：「阮旨遙深。」《詩品》云：「言在耳目之內，情寄八荒之表。」又云：「厥旨淵放」，方東樹《昭昧詹言》云：「阮公為人，志氣宏放，其語亦宏放。」都是有關這一風格的體認。今引例以觀之：

> 鴻鵠相隨飛，飛飛適荒裔。雙翮凌長風，須臾萬里逝。朝餐琅玕實，夕宿丹山際，抗身青雲中，網羅孰能制。豈與鄉曲士，攜手共言誓。（其四三）

志氣高遠的鴻鵠，擁有自己的廣大宇宙，抗身青雲，翱翔天宇，非世俗所能羈限，也非鄉曲士的狹隘心靈所能測度。鴻鵠與鄉曲士，形成一大一小，一高一俗的對比，而鴻鵠卻是阮籍的化身，象徵阮籍廣大高遠的志向。相類的比喻，如鳳凰、玄鶴、高鳥，都有同樣的象徵意義，具見阮詩的精神境界。如：

> 危冠切浮雲，長劍出天外。細故何足慮，高度跨一世。非

〔註12〕《世說新語・德行篇》注引《魏氏春秋》：「宏達不羈，不拘禮俗。」《晉書》本傳云：「志氣宏放，傲然獨得。」

子為我御，逍遙遊荒裔。顧謝西王母，吾將從此逝。豈與
蓬戶士，彈琴誦言誓。（其五八）

這首詩和上首略同，有高舉出世之想。「危冠」四句，具見宏放高曠
之懷。又如：

夸談快憤懣，情慵發煩心。西北登不周，東南望鄧林。曠
野彌九州，崇山抗高岑。一餐度萬世，千歲再浮沈。誰言
玉石同，淚下不可禁。（其五四）

阮詩的精神時空恢宏廣闊，時常運用廣大的意象，由高山曠野到神話
世界的不周山、鄧林，顯示時間空間的無窮無盡，使人彷如站在形上
的視點，油然而生宇宙蒼茫之感與無窮之思。登高望遠，也是阮詩常
用的意象，暗示高舉出世的遼遠情懷。又如：

東南有射山，汾水出其陽。六龍服氣輿，雲蓋覆天綱。仙
者四五人，逍遙宴蘭房。寢息一純和，呼噏成露霜。沐浴
丹淵中，炤耀日月光。豈安通靈臺，游濿去高翔。（其二三）

這類遊仙詩的旨意，都在「託言仙人不遊人間，以比己不甘逐凡俗」
（方東樹語）。

由上列諸詩的精神意境，當能見出「宏邁高遠」的風格。這種風
格，是阮籍的生命情調，也是阮詩語言的藝術姿態。《文心雕龍‧體
性篇》云：「嗣宗俶儻，故響逸而調遠。」方東樹說：「阮公為人，志
氣宏放，其語亦宏放。」

（二）左　思

左思詠史詩的風格，一言以蔽之曰：「高壯」。

功成身退與卑視王侯的襟懷，見其「高」。如下列的詩句，都顯
現這種高致：

△　功成不受爵，長揖歸田廬。（其一）

△　當世貴不羈，遭難能解紛。功成恥受賞，高節卓不羣。
　　（其三）

△　被褐出閶闔，高步追許由。振衣千仞崗，濯足萬里流。
　　（其五）

△　雖無壯士節，與世亦殊倫。高眄邈四海，豪右何足陳。
（其六）

△　巢林棲一枝，可爲達士模。（其八）

單看「高節」、「高步」、「高眄」的詞語，就能看出左思的心思所在。他甚至以魯仲連爲理想的人物典型，嚮往其功成身退的高節，顯示他的胸懷拔出流俗。

建功立業的大志和語勢的激昂頓挫，足見其「壯」。〈詠史詩〉其一，自詠其志：「長嘯激清風，志若無東吳。鉛刀貴一割，夢想騁良圖。左眄澄江湖，右盻定羌胡。」志氣宏壯，筆力雄健。即使是詠歎不遇的激憤不平，也是氣力十足，如其二：「世冑躡高位，英俊沈下僚。地勢使之然，由來非一朝。」語勢的激昂頓挫，更是每首可見。

《詩品·中》說：「左思風力」，風力表現在高壯的風格〔註13〕。陳祚明云：「太沖一代偉人，其雄在才，而其高在志。」何焯云：「八首一氣揮灑，激昂頓挫，真是大才。明切勁快，由公幹來。」沈德潛云：「太沖胸次高曠，而筆力又復雄邁。」劉熙載云：「太沖是豪放，非野也。」又云：「左太沖詩壯而不悲。」夏敬觀云：「壯字是太沖詩確評。」各家評其詩的風格特色，相當一致。

（三）張　協

張協雜詩的主要風格，以意象「清麗」著稱。

《文心雕龍·明詩篇》云：「景陽振其麗。」《詩品·上》云：「詞采葱蒨，音韻鏗鏘。」陳祚明云：「景陽詩寫景生動，而語蒼蔚。」許學夷云：「景陽五言雜詩，華采俊逸。」這些風格評述，都是就意象表現的藝術特徵而言。

景陽善於寫景，特別重視意象表現，各種美麗的意象奔赴筆下，占據詩的重要位置，一眼望去，但見華采葱蒨：

〔註13〕鍾嶸論左思「源出公幹」，又謂陶淵明「協左思風力」，因爲左思詩莽蒼見志而不雕飾，氣壯而不愴悲，與劉楨風力相近似。

　　大火流坤維，白日馳西陸。浮陽映翠林，迴飆扇綠竹。飛
　　雨灑朝蘭，輕露棲叢菊。龍蟄暄氣凝，天高萬物肅。弱條
　　不重結，芳蕤豈再馥。(其二)

「大火」、「白日」、「翠林」、「綠竹」、「飛雨」、「輕露」、「弱條」、「芳
蕤」，各種意象的動態呈現及色彩映照，景陽都煞費心思，刻意提煉，
造成藝術語言的圖畫之美。單看此詩的色彩相映，「大火」的紅，「白
日」的白，「翠林」的翠，「綠竹」的綠，就可看出景陽如何重視意象
的色澤鮮明，王闓運云：「設色尤麗。」當是指此。又如：

　　金風扇素節，丹霞啓陰期。騰雲似涌煙，密雨如散絲。寒
　　花發黃采，秋草含綠滋。(其三)

　　朝霞迎白日，丹氣臨暘谷。翳翳結繁雲，森森散雨足。輕
　　風摧勁草，凝霜竦高木。密葉日夜疎，叢林森如束。(其四)

「金風」、「丹霞」、「騰雲」、「密雨」、「寒花」、「秋草」，「朝霞」、「白
日」、「丹氣」、「繁雲」、「雨足」、「輕風」、「勁草」、「凝霜」、「高木」、
「密葉」、「叢林」，也是一連串的意象，合構一幅美麗的圖畫。這是
景陽設色「麗」的地方。

　　景陽的「清」，應由〈雜詩〉其一體會：

　　秋夜涼風起，清氣蕩暄濁。蜻蛚吟階下，飛蛾拂明燭。君
　　子從遠役，佳人守煢獨。離居幾何時，鑽燧忽改木。房櫳
　　無行跡，庭草萋以綠。青苔依空牆，蜘蛛網四屋。感物多
　　所懷，沈憂結心曲。

佳人秋夜獨處，景陽描出一幅清寂之景，若有「涼風」、「清氣」拂於
其間，故王船山說：「清氣蕩暄濁，殆自謂矣！」即用詩句描述景陽
的風格。然而「清」的意義，主要是在意象表達的清新。陳祚明說：
「景陽詩寫景生動，而語蒼蔚，自魏以來，未有是也。」景陽運用意
象的清新和美麗，造成他「清麗」的風格。

　　景陽尚有部份詩，不能概以「清麗」，如其五「昔我資章甫」，其
六「朝登魯陽關」，其七「此鄉非吾地」，較爲雄健，故劉熙載云：「《文
心雕龍·明詩篇》云：景陽振其麗，麗何足以盡景陽哉！」

（四）郭　璞

　　郭璞始變永嘉平淡之體，而注重玄理詩的藝術表現，《文心雕龍・才略篇》稱「景純豔逸」，「豔逸」是其詩的確評。

　　郭璞本有高舉出世之思，故遊仙詩以超逸之懷的呈現爲重心，「逸」字確能表出其風格。陳祚明云：「景純本以仙姿游於方內，其超越恆情，乃在造語奇傑，非關命意。」〈遊仙〉其一，「朱門何足榮，未若託蓬萊」，「高蹈風塵外，長揖謝夷齊」，首揭離俗高蹈的旨意，這一旨意貫串十四首詩。

　　在呈現遊仙的逸懷上，景純比一般遊仙詩更注重仙境的描寫，造語精圓，設色鮮麗：

> 翡翠戲蘭苕，容色更相鮮。綠蘿結高林，蒙籠蓋一山。中有冥寂士，靜嘯撫清絃，放情凌霄外，嚼藥挹飛泉。（其三）
> 暘谷吐靈曜，扶桑森千丈。朱霞升東山，朝日何晃朗。迴風流曲櫺，幽室發逸響。（其八）
> 璇臺冠崑嶺，西海演招搖。甄林籠藻映，碧樹疏英翹。丹泉漂朱沫，黑火鼓玄濤。（其十）

這些詩受形似之言的影響，注意寫景及色彩的映照，詞采鮮豔，正可看出「豔」的風格。

　　逸懷豔語，構成景純「豔逸」的風格。

（五）曹　植

　　曹植〈雜詩〉，溫潤沈健，韻味深長。

　　鍾嶸評曹詩整體風格爲：骨氣奇高，詞采華茂，情兼雅怨，體被文質。由〈雜詩〉看來，亦體現這一整體風格。沈健由「情兼雅怨，骨氣奇高」見，溫潤由「體被文質，詞采華茂」見。張戒《歲寒堂詩話》云：「子健『高臺多悲風』、『南國有佳人』等篇，鏗鏘音節，抑揚態度，溫潤清和，金聲而玉振之，辭不迫切而意已獨至，與三百五篇異世同律，此所謂韻不可及也。」陳繹曾《詩譜》云：「陳思王斷削精潔，自然沈健。」均能揭出〈雜詩〉的特色。

　　「高臺多悲風」、「西北有織婦」、「南國有佳人」等篇，敘情婉轉而不刻露，得溫潤之致。如南國佳人一篇，自傷不遇，既以佳人作比，又以桃李襯寫，下筆含蓄，幽怨深藏。歲暮時零，榮曜難久，傷美人之遲暮，哀眾芳之蕪穢，和平之中，怨情全出。全詩無嬉笑怒罵的狂野之氣，而有優遊婉順的聲情，正合張戒所評「溫潤清和」。

　　「僕夫早嚴駕」、「飛觀百餘尺」等篇，志壯氣豪，故語勢沈健。如飛觀遠眺一篇，志在為國平亂，由遠望而掀起高昂之情，筆下有風雷之聲。結末絃歌慷慨，氣勢不減。全詩無兒女柔情，而有一股健筆縱橫的力量，非激昂頓挫的「沈健」，不足描述其風格。

（六）陶　潛

　　陶潛組詩的風格，可從語言表現及生命形態來看。語言方面的表現，以「平淡」顯。鍾嶸云：「文體省淨，殆無長語，篤意真古，辭興婉愜，世歎其質直。」嚴羽云：「淵明之詩，質而自然。」徐駿《詩文軌範》云：「陶淵明詩淡泊淵永。」黃文煥〈陶詩析義序〉云：「古今尊陶，統稱平淡。」王船山云：「平者取勢不雜，淡者遣意不煩之謂也。陶詩于此，固多得之。」生命形態的表現，以「真淳」、「豪放」、「曠達」顯。真德秀〈跋黃瀜甫擬陶詩〉云：「其遣寵辱，一得喪，真有曠達之風，細玩其辭，時亦悲涼慷慨。」元好問〈論詩絕句〉云：「一語天然萬古新，豪華落盡見真淳。」

　　淵明的「平淡」，主要表現在語言的缺少華采，他的組詩均表現這一風格。以雜詩為例，「人生無根蒂」一首，直賦到底，都無特別的意象表現，只呈露出人生的曠達，給人平平淡淡的感覺，但平淡之中尚有意境。古人常辨明淵明的平淡，是不易達到的境界。葛立方《韻語陽秋》云：「陶潛、謝朓詩皆平淡有思致。大抵欲造平淡，當自組麗中來，落其華芬，然後可造平淡之境。」謝榛《四溟詩話》云：「淵明最有性情，使加藻飾，無異鮑、謝，何以發真趣於偶爾，寄至味於澹然？」沈德潛《說詩晬語》云：「陶詩胸次浩然，其有一段淵深樸茂不可到處。」則平淡不僅指語言的缺少華采，還表示由絢爛歸於平

淡的人生境界。

淵明的「眞淳」、「豪放」、「曠達」，呈露在意境之中。〈歸園田居〉的眞淳，〈飲酒〉的曠達，〈擬古〉的豪放，大致可見。王闓運云：「〈飲酒〉二十首，具見陶公崢嶸壯氣，後人專以陶爲沖凝，失之遠矣。」鄭文焯云：「擬古篇極踔厲激昂之致，鍾仲偉乃目爲隱者之宗，此豈高語絕世者，所可同日語哉！」方東樹云：「〈飲酒〉二十首，篇篇具奇恉曠趣。名理名言，非常恣肆，皆道腴也。」

（七）鮑 照

鮑照的〈擬行路難〉、〈擬古〉，遒麗俊偉，自成格調。

《宋書》謂明遠「嘗爲古樂府（指〈擬行路難〉），文甚遒麗」，《齊書‧文學傳論》謂：「發唱驚挺，操調險急，雕藻淫豔，傾炫心魂。亦猶五色之有紅紫，八音之有鄭衛，斯鮑照之遺烈也。」《許彥周詩話》云：「明遠行路難，壯麗豪放，詩中不可比擬，大似賈誼〈過秦論〉。」黃子雲《野鴻詩的》云：「明遠沈雄篤摯，節亮句遒，又善能寫難寫之景。」成書倬雲《多歲堂古詩存‧凡例》云：「〈擬行路難〉十八首，淋漓豪邁，不可多得。」劉熙載《藝概》云：「明遠長句（指〈擬行路難〉），慷慨任氣，磊落使才。」丁福保《八代詩菁華錄箋注》云：「鮑詩於去陳言之法尤嚴，只一熟字不用。又取眞境，沈響驚奇，無平緩實弱鈍懈之筆。」都體認到鮑詩求麗求新的意象表現，以及整體結構挺健奇警的力量。

〈擬行路難〉十八首，正如《齊書‧文學傳論》所評：發唱驚挺，操調險急，雕藻淫豔，傾炫心魂。例如：

> △ 瀉水置平地，各自東西南北流。人生亦有命，安能行歎復坐愁！（其四）
>
> △ 對案不能食，拔劍擊柱長歎息。丈夫生世會幾時，安能蹀躞垂羽翼！（其六）

一股驅邁急勁之氣，顯現心中激盪的不平，語調語勢不落卑弱，而有雄壯沈健之感。又如：

　　△　奉君金卮之美酒，瑇瑁玉匣之雕琴。七絲芙蓉之羽帳，
　　　　九華蒲萄之錦衾。（其一）

　　△　承君清夜之歡娛，列置幃裏明燭前。外發龍鱗之丹采，
　　　　內含麝芬之紫煙。（其二）

　　△　璇閨玉墀上椒閣，文窗繡戶垂羅幕。中有一人字金蘭，
　　　　被服纖羅采芳藿，（其三）

意象穠麗，不蹈前人窠臼。由穠麗的意象，渲染全篇聲情，景極華美，構成組詩顯見的特色。王船山《古詩評選》云：「全於閒處粧點，粧點處皆至極處也。」又云：「但一物耳，說得如此經緯，立體益孤，含情益博。」對於這種意象的特色及美感效果，非常注重。《宋書》所謂「文甚遒麗」，「麗」即意象之美，由上述詩句可見。美麗之外，又有遒健的力量，「遒」即由驅邁急勁之氣而見。

　　〈擬古〉八首，結構氣勢亦挺健有力。如其三「幽并重騎射」云：「石梁有餘勁，驚雀無全目。漢虜方未和，邊城屢翻覆。」陳祚明認為「使事中有壯氣」，其實整組八首，都有這種風格。方東樹云：「李杜皆推服明遠，稱曰俊逸，蓋取其有氣，以洗茂先、休奕、二陸、三張之靡弱。」鮑照的組詩，體現了此一風格。

（八）庾　信

　　庾信的〈詠懷詩〉，感慨沈深，詞氣壯健。

　　〈詠懷詩〉的內容，敘述家國喪亡、身世流離的慘痛，詩中有一股激憤感慟的不平之情，在結構上顯現雄健的語勢。例如：

　　△　六國始咆哮，縱橫未定交。欲競連城玉，翻徵縮酒茅。
　　　　（其十五）

　　△　被甲陽雲臺，重雲久未開。雞鳴楚地盡，鶴唳秦軍來。
　　　　（其廿七）

這種由感情而來的悲慨力量，形成〈詠懷詩〉明顯的風格。杜甫〈詠懷古跡〉其二云：「暮年詩賦動江關」，其所謂的「詩」主要指〈詠懷詩〉而言。

乙、共同風格

詠懷組詩的風格，大體與六朝綺靡之風分途。綺靡之風，特別重視語文的美飾，往往只見意象穠麗，而情志不深，故整體風格顯得卑弱不振，缺乏志氣感發的提舉力量。詠懷組詩則異於是，心懷感慨，逕吐於詩，有的不注重意象的雕琢美飾，有的受到當時綺靡風氣的影響，注重意象的求新求美，但都能一洗纖弱，樹立雄健的風格。

阮籍、左思、陶潛諸家，較不著重語文美飾。《詩品》評阮籍詩「無雕蟲之功」，陳祚明云：「阮公〈詠懷〉，神至之筆。觀其抒寫，直取自然，初非琢鍊之勞，吐以匠心之感。」王世貞謂左思詩「莽蒼，不雕琢」，許學夷云：「太沖語多訐直。」詩品評陶潛詩謂「世歎其質直」，陳師道云：「陶淵明之詩，切於事情，但不文耳。」他們的組詩，都有質樸的風格。

張協、郭璞、鮑照，較注重意象的鍛鍊，語文的美飾。張協的「清麗」，郭璞的「豔逸」，鮑照的「遒麗」，都是特別注重語言的藝術之美。《文心雕龍・明詩篇》云：「景陽振其麗」，〈才略篇〉云：「景純豔逸」，《宋書》謂鮑照「遒麗」，《齊書》云「雕藻淫豔」，從意象的清新華美，正見他們「麗」與「豔」之所同。

若從組詩全體的類似點論，則「雄健」是他們的共同風格。曹植〈雜詩〉的「溫潤沈健」，左思〈詠史〉的「豪壯」，鮑照擬詩的「詞氣俊偉」，庾信〈詠懷〉的「詞氣壯健」，含有「雄健」的特質，固不必論。阮籍〈詠懷〉的「宏邁高遠」，也有雄傑壯闊之氣，如方東樹評其三九云：「詞旨雄傑壯闊。」張協〈雜詩〉以「清麗」著，何焯評其二竟云：「骨氣挺拔，不徒工於造語。」王闓運評其七亦云：「景陽亦有用世之志，殆與陶公同趣，寫來揮灑。」郭璞〈遊仙〉以「豔逸」稱，《詩品》評其「詞多慷慨」，陳祚明且謂「造語奇傑」，劉熙載更認為「激烈悲憤，自在言外」。陶潛組詩，樸質高古，但時有豪壯之氣，許文雨云：「今人游國恩君舉左思〈雜詩〉、〈詠史〉，與淵明〈擬古〉、〈詠荊軻〉相比，以為左之胸次高曠，筆力雄邁，與陶之音

節蒼涼激越，辭句揮灑自如者，同其風力，此論甚是。」依上所言，則詠懷組詩都有其「雄健」的一面，故即使有綺靡風氣的影響，尚不至流於格調卑弱。

綺靡是六朝的時風，雄健則是詠懷組詩樹立的風範，通常認爲承自漢魏，具有漢魏風骨。《詩品》評曹植「骨氣奇高」，胡應麟謂阮籍、左思爲「漢魏之遺」，沈德潛謂左思「陶冶漢魏，自鑄偉辭」，汪中先生謂張協〈雜詩〉其五：「猶有漢魏高風」，陳繹曾謂陶潛：「情眞景眞，事眞意眞，幾於十九首矣」。後代評價，都因詠懷組詩超出六朝時風，具有漢魏風骨，而給予極高的藝術地位。

第六章　詠懷組詩的影響及評價

第一節　對後代的影響

　　唐初沿承六朝宮體餘波，徐、庾雖死而詩風猶在。興寄諷諭既不受重視，詠懷組詩自亦委之道旁。這時雖有組詩之作，如王績〈古意〉六首，〈遊仙〉四首，而被視同山野歌詠，在詩界絲毫不起波瀾。自陳子昂（661～702）出，才造成重視詠懷組詩的局面。而詠懷組詩的文學精神、表現方式與藝術風格，也才對唐詩產生廣泛的影響。唐書本傳云：「唐興文章承徐庾遺風，天下祖尚，子昂始變雅正。」陳氏好友盧藏用亦云：「道喪五百年，而得陳君。卓立千古，橫制頹波，天下翕然，質文一變。」（〈陳子昂文集序〉）在六朝詠懷對後世的影響上，其功獨大。

　　子昂論詩，標舉「漢魏風骨」〔註1〕，追慕阮籍。其〈上薛令文章啓〉云：「長爾詠懷，曾無阮籍之思。」又有實踐詩觀的〈感遇詩〉三十八首，可知詠懷的類型已入於他的文學認知。除了〈感遇〉之外，子昂又有贈盧藏用的〈薊丘覽古〉七首（屬詠史類型）〔註2〕。

〔註1〕〈與東方左史虬修竹篇序〉：「漢魏風骨，晉宋莫傳，然而文獻有足徵者。」

〔註2〕「覽古」之題見於盧諶，《文選》詠史類選錄盧作，故〈薊丘覽古〉

言語詩作，既涉及詠懷、詠史兩種類型，受其影響不言可喻。僧皎然云：「子昂〈感遇〉，其源出於阮公〈詠懷〉。」（《詩式》）胡應麟云：「子昂〈感遇〉，盡削浮靡，一振古雅，唐初自是傑出。蓋魏晉之後，唯此尚有步兵餘韻。」（《詩藪》內編卷二）都認為子昂受阮公影響。

　　子昂之後，詠懷組詩的繼作漸多，如張說（667～730）有〈雜詩〉四首，張九齡（673～740）有〈感遇〉十二首，李華（？～766）有〈雜詩〉六首、〈詠史〉十一首。而心慕同鄉陳正字的李白，在十喪其九的存詩當中，尚有〈古風〉五十九首、〈擬古〉十二首、〈感興〉六首、〈寓言〉三首、〈感遇〉四首等。這種現象的產生，應歸於子昂喚起的組詩精神風格的重視。沈德潛云：「唐顯慶、龍朔間，承陳、隋之遺，幾無五言古詩矣。陳伯玉力掃俳優，仰追曩哲，讀〈感遇〉等章，何啻黃初、正始間也。張曲江、李供奉繼起，風裁各異，原本阮公。唐體中能復古者，以三家為最。」（《說詩晬語》卷上）這種現象，造成詩界對於古詩的重新反省，而有杜甫、元白新開的詩風。六朝詠懷的風骨格力，以及組詩形式的抒情道志，由此盡融入唐詩的創建中，並遺留下組詩類型的痕迹。

　　今將六朝詠懷組詩對後代的影響，分就底下四點討論：甲、組詩形式的影響。乙、文學精神的影響。丙、表現方式的影響。丁、藝術風格的影響。

甲、組詩形式的影響

　　從唐至清，六朝詠懷組詩的影響，首先見於類型的形式，此一影響，顯而易見。後代依雜詩等題製作的組詩，數量不少。就題而觀，如以雜詩等題為主調，則有許多變奏。初唐子昂、九齡的「感遇」，已是變奏的開始，其後二字詩題的演化，更是繁多，但面目千

亦屬詠史，七首分詠軒轅臺、燕昭王、樂生、太子、田光先生、鄒衍、郭隗。

變，不離其宗。如「雜詩」一題，演爲雜感、雜詩、雜興、雜言、雜題、雜書、雜賦，演爲記事、感事、即事、書事，演爲偶感、偶題、偶作、偶成、偶書、漫成、漫題、漫書，演爲感興、寓興、遣興、遣興、漫興、晨興、晚興、宵興、夜興、春興、夏興、秋興、冬興、客興等詩題。「詠懷」一題，演爲自詠、自歎、自感、自題、自問、自誨、自諷、自述、自遣，演爲述懷、寫懷、敍懷、書懷、抒懷、言懷、遣懷、諭懷、寓懷、感懷、幽懷、春懷、秋懷等詩題，又有「寓言」、「寓意」、「有感」、「感諷」、「感古」、「感時」、「感遇」、「時興」、「寫意」、「無題」等，已擴大詠懷題旨。其中最爲常見的是「雜興」、「感興」、「即事」等題。至於「詠史」、「遊仙」、「擬古」，變異不大。今將各代的詠懷組詩表列於下，以見其受六朝詠懷組詩的影響〔註3〕。唐代部份，依明倫本《全唐詩》註明冊頁。

（一）唐代（五代附）

作　者	組　　詩	冊	卷	頁
王　績	古意六首	（一）	三十七	477
	遊仙四首			482
盧照鄰	詠史四首		四十一	513
張九齡	雜詩五首		四十七	570
	感遇十二首			571
徐彥伯	擬古三首	（二）	七十五	820
陳子昂	感遇三十八首		八十三	889
張　說	雜詩四首		八十六	937

〔註3〕數量甚多，不勝枚舉，詳於唐代，宋以下則從簡。唐代由《全唐詩》（明倫本）檢出，並註明冊頁。宋以下分別由《宋詩鈔》、《宋詩鈔補》、《元詩選》、《明詩綜》（均世界本）檢出，依次排列，冊頁不另註明。此表僅在顯示組詩類型的影響，有唐一代即能證明，故其下不必詳爲檢列。而二表亦僅說明六朝詠懷影響的外層形式，意義並非特別重大，故有清一代不必別從《清詩匯》檢列，無傷結論。

盧　象	雜詩二首		一二二	1218
儲光羲	效古二首		一三六	1380
	雜詩二首		一三六	1380
	田家雜興八首		一三七	1386
李　華	雜詩六首	（三）	一五三	1585
	詠史十一首		一五四	1586
李　白	古風五十九首		一六一	1670
	效古二首		一八三	1861
	擬古十二首		一八三	1861
	感興六首		〃	1863
	寓言三首		〃	1864
	感遇四首		〃	1865
韋應物	擬古十二首		一八六	1894
	雜體五首		〃	1896
梁德裕	感寓二首		二〇三	2125
杜　甫	遣興三首	（四）	二一八	2286
	遣興五首		〃	2289
	遣興五首		二一八	2290
	遣興五首		〃	2291
	述古三首		二一九	2312
	憶昔二首		二二〇	2324
	寫懷二首		二二一	2355
	詠懷二首		二二三	2374
	秦州雜詩二十首		二二五	2417
	遣意二首		二二六	2438
	漫成二首		〃	2439
	絕句漫興九首		二二七	2451
	有感五首		〃	2466

	傷春五首		二二八	2471
	秋興八首		二三〇	2509
	詠懷古迹五首		〃	2510
	復愁十二首		〃	2518
賈　玉	寓言二首		二三五	2593
顧　況	擬古七首		二六四	2932
戴叔倫	感懷二首	（五）	二七三	3067
權德輿	雜詩五首		三二八	3669
韓　愈	秋懷十一首		三六六	3766
	雜詩四首		三四二	3834
柳宗元	感遇二首	（六）	三五三	3950
劉禹錫	學阮公體三首		三五四	3973
	偶作二首		〃	3974
	古詞二首		三六四	4106
	寓興三首		〃	〃
	詠史二首		〃	〃
呂　溫	偶然作二首		三七一	4174
盧　仝	自詠二首		三八七	4369
	感古四首		三八八	4384
李　賀	詠懷二首		三九〇	4394
	感諷五首		三九一	4410
	感諷六首		三九四	4437
元　稹	遣興十首		三九八	4467
	感事十首		三九九	4477
	放言五首		四一三	4573
白居易	雜興三首	（七）	四二四	4658
	續古詩十首		四二五	4672
	寓意五首		〃	4678

	讀史五首		〃	4679
	放言五首		四三八	4874
	偶然二首		四三九	4893
	自歎二首		四四三	4965
	自詠五首		四四四	4973
	有感三首		〃	4976
	偶作二首		四四五	4992
	偶唫二首		四五〇	5083
	詠興五首		四五二	5107
	偶作二首		四五三	5127
	感興二首		四五五	5150
牟　融	有感二首		四六七	5310
	寫意二首		〃	5314
劉言史	偶題二首		〃	5330
李　紳	古風二首	（八）	四八三	5494
鮑　溶	懷仙二首		〃	5504
	秋懷五首		〃	5509
姚　合	閒居遣懷十首		四九八	5654
張　祜	詠史二首		五一〇	5815
許　渾	學仙二首		五二五	6141
李商隱	無題二首		〃	6163
	無題四首		〃	〃
	有感二首		〃	6187
	無題二首		〃	6202
馬　戴	楚江懷古三首	（九）	五五五	6430
李羣玉	感興四首		五六八	6574
陸龜蒙	雜諷九首		六一九	7126
	自遣三十首		六二八	7207

司空圖	效陳拾遺子昂感遇二首	（十）	六三二	7245
	即事二首		〃	7253
	即事九首		〃	7254
	偶書五首		〃	7256
	雜題九首		〃	〃
	漫書二首		〃	7257
	有感二首		六三三	7262
	南北史感遇十首		〃	7263
	偶題三首		〃	7266
	偶書五首		〃	7269
	狂題十八首		六三四	7273
	漫書五首		〃	7274
	偶詩五首		〃	7275
來　鵠	偶題二首		六四二	7359
李山甫	上元懷古二首		六四三	7362
方　干	感時三首		六五二	7491
唐彥謙	感物二首		六七一	7676
韓　偓	漫作二首		六八一	7803
孫　郃	古意二首（擬陳拾遺）		六九四	7989
陳　陶	續古二十九首	（十一）	七四六	8485
	閒居雜興五首		〃	8491
僧皎然	雜興六首	（十二）	八二〇	9252
僧貫休	古意九首		八二六	9307
	偶作二首		〃	9310
吳　筠	遊仙二十四首		八五三	9641
	覽古十四首		〃	9644

（二）宋代、元代、明代

宋 代		元 代		明 代	
作 者	組 詩	作 者	組 詩	作 者	組 詩
蘇舜欽	感興三	元遺山	飲酒五	秦簡王	感寓三
林和靖	雜興四		後飲酒五	劉 基	感懷四
米 芾	擬古二	劉 因	雜詩二		感述時事八
張 耒	有感三		書事二		旅興十四
	寓陳雜詩四	方 回	有感二		次韻和孟伯眞感興二
	夏日雜感二	戴表元	書歎七	黃 肅	詠懷三
秦 觀	春日雜興十	六 夔	春晚雜興二	劉 紹	秋懷三
李 覯	寄懷三		初夏雜興二	趙 汸	秋懷二
唐 庚	即事三		田家雜興二	胡 翰	擬古四
	遣興二		雜興四	梁 寅	擬古六
	雜詩七		感興八（選錄）	高 啓	擬古二
	雜興十二		續感興八（選錄）		寓感六
范 浚	雜興五		秋晚雜興六		秋懷四
程 俱	雜興十	郝 經	幽思六	楊 基	感懷六
朱 熹	齋居感興二十	袁 桷	雜詩二	李延興	丙申歲詠懷三
范成大	四時田園雜興六十		飲酒雜詩四（選錄）	鄭 挺	擬古二
陸 游	雜感四	馬祖常	飲酒五	薛 瑄	擬古二
	齋中雜興十	貢 奎	雜語四		古詩二
	雜興十	張養浩	詠史四（選錄）	偶 桓	雜詩二
	春日雜賦四	虞 集	後續詠貧士三	呂 原	古風十
	秋興五	揭傒斯	京城閒居雜言四	倪 光	感興二
戴復古	感寓四		春日雜言二	趙同魯	感遇三
方 岳	感懷十	黃 潛	效古五	李夢陽	雜詩二
何夢桂	擬古五		有感二	方 鵬	感寓二
	感寓二	柳 貫	歲暮雜言二	薛 蕙	雜詩二

王安石	雜詠三	張 耒	雜詩二	戴既魚	感興三
	即事三		小游仙詞八	王廷棟	詠懷四
張九成	擬古九	夏師泰	感興三	袁 達	幽懷四
朱 松	秋懷六	李 存	雜詩三	張 瀚	雜詩二
朱 熹	擬古七	陳 高	感興七	高 岱	感興二
嚴 羽	仙遊三		秋日雜興五	梁有譽	雜詩二
文天祥	山中感興三		淮陰雜興四	黎明表	遊仙三
		張 昱	感事二	馮時可	齋居雜述二
		周霆震	雜詠三		戊戌歸田雜感二
		王 逢	秋感六	李應徵	雜詩二
			無題五	呂 坤	雜詩二
			後無題五	公 鼐	詠古二
		丁鶴年	白詠五		歸田雜詠三
				方大任	詠懷三
				王敬臣	感興二
				魏學洢	擬古三
					讀史三
				黃淳耀	和擬古三
				陳子龍	雜詩六
				俞汝言	詠懷七
				侯 泓	雜詠二
				錢秉鐙	效淵明飲酒四
					田園雜詩九
				韓 洽	言懷四
				李 煒	雜興四
				董 樵	詠懷三
				韓純玉	雜感二
				陳恭尹	感懷四
				朱茂明	古風七
				宗 泐	雜詩三
				斯 學	雜詩二

以上表列，可以證明：

一、後代各種組詩類型，都由六朝詠懷開出。換言之，六朝是各種詠懷組詩類型的發源地。

二、這種類型一直保存在古詩的創作之中，直到清代（乃至目今）而未絕。

但是表列顯示的相關影響，尚是限於最外層的形式，不具有內在意義的影響。從表面看，這種影響，說為詠懷組詩的「類型遺跡」，亦無不可，而實則類型的影響並非如此簡單。只要從內面看，便可發現文學精神、表現方式、藝術風格等更具重要的影響。而且這方面的影響，在近體形成以後，不僅影響古詩，亦且融入近體的創建中。其中痕迹，可從與六朝詠懷親緣最近的唐詩見證。

乙、文學精神的影響

六朝詠懷組詩形成的詠懷傳說，乃是先秦兩漢言志傳統的延續，其間具有詩史源流的直系衍展，文學精神大同小異。先秦兩漢傾重社會性的美刺，六朝則轉入個體性的感懷，社會性與個體性的顯隱之分，粗略指出其間的違異。注重社會性的參與，在精神上都有強烈的人世關切，因此仕的意識較為高昂；注重個體性的感懷，則趨向人世挫折後憂思愁悶的抒吐，隱的意識較為強烈。不過這只是文學精神大致的分野，其實先秦兩漢雖然傾重社會性的美刺，而楚騷、士不遇賦一系的「士人的挫折感」，明是賢人失志的個體性詠懷。而且這系詠懷，透過無名氏的古詩，透過曹植個人的遭遇之悲，成為六朝詠懷的孳乳之源。詠懷組詩的各種類型，在文學精神上都顯示「批判社會，沈思自我」的整體意涵，概略地說，與言志傳統互相一致。這些作品大抵都有感於：

一、政治社會的亮闇盛衰

二、個人遭遇的窮通出處

三、個人立身的理想與操守問題

四、運命的盲昧與精神的超解

這些意識的關注與辯證性的展現，便是詠懷的基本精神。唐人從子昂以來，均有體於這種精神，而提倡風雅之義與漢魏風骨。表面揭櫫詩以言志的正統理念，其實卻受詠懷組詩的影響。子昂〈感遇〉，題目便從「詠懷」而來，精神淵源，一脈相通。邱燮友先生說：「〈感遇詩〉是寫實性很強的詩篇，非一時一地之作，內容有詠史，有抒懷，有託物寄情，對現實有所揭發和諷刺，也有感歎人事的無常，含有佛老的思想。顯然受阮籍〈詠懷詩〉和左思〈詠史詩〉的影響」〔註4〕，這層影響，首應說爲文學精神的影響。唐朝的各種詠懷組詩，詠懷精神都特別強烈，如子壽〈感遇〉，太白〈古風〉，更是眾所周知。下引唐人詩作數組，以爲證明：

△　**張九齡〈雜詩〉五首**

孤桐亦胡爲，百尺傍無枝。疏陰不自覆，修幹欲何施。高岡地復迴，弱植風屢吹。凡鳥已相噪，鳳凰安得知。(其一)

蘿蔦必有託，風霜不能落。酷在蘭將蕙，甘從葵與藿。運命雖爲宰，寒暑自回薄。悠悠天地間，委順無不樂。(其二)

良辰不可遇，心賞更蹉跎。終日塊然坐，有時勞者歌。庭前攬芳蕙，江上託微波。路遠無能達，憂情空復多。(其三)

湘水弔靈妃，斑竹爲情緒。漢水訪遊女，解佩欲誰與。同心不可見，異路空延佇。浦上青楓林，津旁白沙渚。行吟至落日，坐望秖愁予。神物亦豈孤，佳期竟何許。(其四)

木直幾自寇，石堅亦他攻。何言爲用薄，而與火膏同。物類有固然，誰能取徑通。纖纖良田草，靡靡唯從風。日夜沐甘澤，春秋等芳叢。生性苟不夭，香臭誰爲中。道家貴至柔，儒生何固窮。終始行一意，無乃過愚公。(其五)

按：〈雜詩〉五首都是感於個人遭遇與立身操守的問題。弱植孤桐的屢遭風吹，蘭蕙芳草之甘從葵藿，隱喻政治場合的嫉害與墮落。

〔註4〕見邱燮友先生等著《中國文學史初稿》(石門圖書公司出版)，頁480。

終始固窮，則是自我的肯定與堅持。

△　劉禹錫〈詠史〉二首

驃騎非無勢，少卿終不去。世道劇頹波，我心如砥柱。(其一)

賈生明王道，衛綰工車戲。同遇漢文時，何人居貴位。(其二)

按：其一見個人操守；其二有懷才不遇之悲。

△　李賀〈詠懷〉二首

長卿懷茂陵，綠草垂石井。彈琴看文君，春風吹鬢影。梁王與武帝，棄之如斷梗。惟留一簡書，金泥泰山頂。(其一)

日夕著書罷，驚霜落素絲。鏡中聊自笑，詎是南山期。頭上無幅巾，苦藥已染衣。不見清溪魚，飲水得相宜。(其二)

按：此皆不遇之悲。

△　儲光義〈效古〉二首

晨登涼風臺，暮走邯鄲道。曜靈何赫烈，四野無青草。大軍北集燕，天子西居鎬。婦人役州縣，丁男事征討。老幼相別離，哭泣無昏早。稼穡既殄絕，川澤復枯槁。曠哉遠此憂，冥冥商山皓。(其一)

東風吹大河，河水如倒流。河洲塵沙起，有若黃雲浮。頹霞燒廣澤，洪曜赫高丘。野老泣相語，無地可陰休。翰林有客卿，獨負蒼生憂。中夜起躑躅，思欲獻厥謀。君門峻且深，跬足空夷猶。(其二)

按：「翰林有客卿」數句。顯示〈效古〉二首的詠懷精神。

△　李白〈寓言〉三首

周公負斧扆，成王何蔑蔑。武王昔不豫，翦爪投河湄。賢聖遇讒慝，不免人君疑。天風拔大木，禾黍咸傷萎。管蔡扇蒼蠅，公賦鴟鴞詩。金縢若不啓，忠信誰明之。(其一)

搖裔雙彩鳳，婉孌三青禽。往還瑤臺裏，鳴舞玉山岑。以歡秦娥意，復得王母心。區區精衛鳥，銜木空哀吟。(其二)

長安春色歸，先入青門道。綠楊不自持，從風欲傾倒。海

燕還秦宮，雙飛入簾櫳。相思不相見，託夢遼城東。(其三)

　　按：其一憂懼讒邪，其二無路自通，都是有關個人遭遇的窮通出處。

　△　方干〈感時〉三首

不覺年華似箭流，朝看暮色暮逢秋。正嗟新塚垂青草，便見故交梳白頭。雖道了然皆是夢，應還達者即無憂。破除生死須齊物，誰向穹蒼問事由。(其一)

日烏往返無休息，朝出扶桑暮卻迴。夜雨旋驅殘熱去，江風吹送早寒來。纔憐飲處飛花片，又見書邊聚雪堆。莫恃少年欺白首，須臾還被老相催。(其二)

世途擾擾復憧憧，真恐華夷事亦同。歲月自消寒暑內，榮枯盡是非中。今朝猶作青襟子，明日還成白首翁。堪笑愚夫足紛競，不知流水去無窮。(其三)

　　按：家國興亡之感，老去身世之情，搖漾筆端，平俗之中，滿是沈痛。

丙、表現方式的影響

　　唐人創作的表現方式，源自廣大的文學傳統，以及個人對於語言藝術的探索，組詩只是其資取領會的一部份，並不能視為影響的全部，因此頗難觀測明確的影響關係。但從〈修竹篇序〉看，東方虬的〈孤桐篇〉，子昂的〈修竹篇〉，都是採託物喻情的手法，表現個人高潔堅貞的自許，這種表現方式，既非如李嶠等的詠物作品，完全學自彩麗競繁的齊梁間詩，則與私淑的阮籍等以興寄為主的詠懷組詩應有關連。阮籍好以飛鳥託喻，陶潛好以花木作比（參見第五章第一節），到了盛唐以後，這種表現頗為普遍。自前後關連來說，子昂代表六朝詠懷組詩影響唐代的關鍵。子昂不僅喚起詠懷組詩的重視，其〈感遇詩〉亦運用託物喻情的手法。與子昂知交的張九齡，在其所作〈雜詩〉、〈感遇〉兩組詩，特多這種以外物喻示自身的表現方式，如詠孤桐、蘿蔦、蘭桂、孤鴻、丹橘等，〈詠燕〉詩更見於

詩話記載：

> 張曲江與李林甫同列，玄宗以文學精誠深器之，林甫嫉之
> 若讎。曲江度其巧譖，慮終不免，爲〈海燕詩〉以致意曰：
> 「海燕何微渺，乘春亦暫來。豈知泥滓賤，祇見玉堂開。
> 綉戶時雙入，華軒日幾迴。無心與物競，鷹隼莫相猜。」
> 亦終退斥。（孟棨《本事詩》）〔註5〕

無心競物的海燕，是宰相曲江的自比，伺機相撲的鷹隼，用以比況奸
佞李林甫，化外物爲主觀世界中的人物性情，這是詠懷一系的特徵。
順這種感遇抒懷之路，更作開展的是李白、劉長卿、杜甫。李白〈古
風〉有詠荷、孤蘭、鳳、白鷗、綠蘿、桃花諸作，劉長卿有〈雜詠〉
八首，分詠幽琴、晚桃、疲馬、春鏡、古劍、舊井、白鷺、寒釭，正
反寄意，感慨良深。杜甫算是這種表現方式的集大成者，揉合齊梁詠
物與託物喻情，暢所欲言，無施不可，唐以下大抵受他的啓示。不過
推究源流終始，六朝詠懷的影響如在。一般論述大多疏忽此點，以爲
唐人詠物是齊梁以來的創格。依上以觀，實是齊梁詠物的客觀精神，
與詠懷組詩的主觀精神，在老杜手上達成的大綜合。

除了「詠物喻懷」之外，「詠史寫懷」亦有若干影響。近人方瑜
指出：唐人詠史大多沿左思指引的方向進展〔註6〕，其實不只左思，
阮、陶、庾詩與史有關的表現，全都影響唐人。阮籍有大梁、魏都的
懷古傷今之作〔註7〕，於慨嘆歷史興亡、人事盛衰之際，並寄感時傷
己之情，李白、子昂亦有類似表現，見於「西馳丁零塞」、「南登碣石
館」和「我行巫山渚」。盧照鄰〈詠史〉四首，類似左思、陶潛的寄
懷之作，分詠直臣、隱者、志士、俠客，送懷於千載之上。李白〈古

〔註5〕又見《明皇雜錄》（《詩人玉屑》引）及《全唐詩話》。〈海燕〉詩，《全
唐詩》作〈詠燕〉。
〔註6〕見方瑜《唐詩形成的研究》，頁101。
〔註7〕〈詠懷詩〉其十六「徘徊蓬池上，還顧望大梁」，其廿九「昔余遊大
梁」，其三一「駕言發魏都」。魏都即在大梁。這幾首詩，都是懷古
傷今之作。

風〉的詠魯連、嚴子陵等作，系出左思。至於庾信的「周王逢鄭忿」、
「六國始咆哮」，縱橫寄慨，借古寫今，亦直啓子昂、李白。

　　底下略就「詠物喻懷」和「詠史寫懷」舉出實例，以觀影響。「詠
仙託懷」、「敘景言懷」較不具特色〔註8〕，故予以省略。

　　詠物喻懷的組詩，如：

　△　王績〈古意〉其六

　　　彩鳳欲將歸，提羅出郊訪。羅張大澤已，鳳入重雲颺。朝
　　　栖崑閬木，夕飲蓬壺漲。問鳳那遠飛，賢君坐相望。鳳言
　　　荷深德，微禽安足尚。但使雛卵全，無令矰繳放。皇臣力
　　　牧舉，帝樂簫韶暢。自有來巢時，明年阿閣上。

　△　李白〈古風〉其四十

　　　鳳飢不啄粟，所食唯琅玕。焉能與羣雞，刺蹙爭一餐。朝
　　　鳴崑丘樹，夕飲砥柱湍。歸飛海路遠，獨宿天霜寒。幸遇
　　　王子晉，結交青雲端，懷恩未得報，感別空長嘆。

　　按：這兩首詩都和個人遭遇有關，而以詠鳳寄懷。王績不堪吏
職，歸隱著書，李白辭別金鑾，懷恩思報。二人皆高潔自許，以鳳
作為個我的象徵。但是這種表現方式，已見於阮籍〈詠懷〉其七九：
「林中有奇鳥，自言是鳳凰。清朝飲醴泉，日夕栖山岡。高鳴徹九
州，延頸望八荒。適逢商風起，羽翼自摧藏。一去崑崙西，何時復
迴翔，但恨處非位，愴恨使心傷。」高才摧藏，我生不辰的感慨，
盡寄在鳳凰的歌詠之中。情動於中，而以鳳凰為象喻，王、李正受
阮籍的影響。

　△　陳子昂〈感遇〉其二、其三十

　　　蘭若生春夏，芊蔚何青青。幽獨空林色，朱蕤冒紫莖。遲
　　　遲白日晚，嫋嫋秋風生。歲華盡搖落，芳意竟何成。

　　　可憐瑤臺樹，灼灼佳人姿。碧華映朱實，攀折青春時。豈
　　　不盛光寵，榮君白玉墀。但恨紅芳歇，凋傷感所思。

〔註8〕「詠仙託懷」以李白為顯例，但元白繼起，這類表現已不具重要性。
　　　　「敘景言懷」則是唐詩近體的通式。

△ 張九齡〈雜詩〉其一

孤桐亦胡爲，百尺傍無枝。疏陰不自覆，修幹欲何施。高
岡地復迥，弱植風屢吹。凡鳥已相噪，鳳凰安得知。

△ 張九齡〈感遇〉其一、七

蘭葉春葳蕤，桂華秋皎潔。欣欣此生意，自爾爲佳節。誰
知林棲者，聞風坐相悅。草木有本心，何求美人折。

江南有丹橘，經冬猶綠林。豈伊地氣暖，自有歲寒心。可
以薦嘉客，奈何阻重深。運命唯所遇，循環不可尋。徒言
樹桃李，此木豈無陰。

△ 李白〈古風〉其廿六、三八

碧荷生幽泉，朝日豔且鮮。秋花冒綠水，密葉羅青煙。秀
色空絕世，馨香誰爲傳。坐看飛霜滿，凋此紅芳年。結根
未得所，願託華池邊。

孤蘭生幽園，眾草共蕪沒。雖照陽春暉，復悲高秋月。飛
霜早淅瀝，綠豔恐休歇。若無清風吹，香氣爲誰發。

按：以上諸詠，全是借花木託寄自己的高才美質，並自傷懷才不
遇與小人排擠。香草貞木的歌詠，亦見於陶潛的〈飲酒〉雜詩。「青
松在東園」，以青松的堅貞耐寒爲自己的寫照。「幽蘭生前庭」，以幽
蘭的見別根土，而有失路之痛，一面認同含薰的美質，一面暗述出仕
歸田的遭遇。鮑照〈紹古辭〉七首，其一是「橘生湘水側」，用橘自
寫，抒發「徒抱忠孝志」的落拓之傷。此外六朝雜詩、擬古之作，不
乏這類作品，都可視爲唐人體式的前身。如再向上推溯，則請參閱第
五章第一節，有關詠懷組詩表現方式的討論。

詠史寫懷的組詩，如：

△ 陳子昂〈感遇〉其十七

幽居觀天運，悠悠念羣生。終古代興沒，豪聖誰能爭。三
季淪周報，七雄滅秦嬴。復聞赤精子，提劍入咸京。炎光
既無象，晉虜復縱橫。堯禹道已昧，昏虐勢方行。豈無當
世雄，天道與胡兵。咄咄安可言，時醉而未醒。仲尼溺東
魯，伯陽遁西溟。大運自古來，旅人胡歎哉。

△　李白〈古風〉其五一

　　殷后亂天紀，楚懷亦已昏。夷羊滿中野，菉葹盈高門。比
　　干諫而死，屈平竄湘源。虎虎何婉孌，女嬃空嬋媛。彭咸
　　久淪沒，此意與誰論。

　　按：庾信〈詠懷〉其十二：「周王逢鄭忿，楚后值秦冤。梯衝已
鶴列，冀馬忽雲屯。武安檐瓦振，昆陽猛獸奔。流星夕照鏡，烽火夜
燒原。古獄饒冤氣，空亭多枉魂。天道或可問，微分不忍言。」寫魏
伐南梁之事，在戰國史中寄其怨憤，筆下亦帶戰國的縱橫之氣，這種
表現方式，陳、李獨得其傳。子昂上詩，慨述上古歷史，由三季歷周
秦，下至漢晉，筆底風雷有聲。歷代攻戰，豪聖沈淪，終而歸之天地
大運，無窮沈痛似收未收。李白亦有縱橫之氣，驅邁之筆，透過歷史，
爲賢臣放死的命運而悲，悲無可論，乃擴散於無窮無際。庾詩結尾，
是陳、李先驅。

△　李白〈古風〉其十、十二

　　齊有倜儻生，魯連特高妙。明月出海底，一朝開光曜。卻
　　秦振英聲，後世仰末照。意輕千金贈，顧向平原笑。吾亦
　　澹蕩人，拂衣可同調。

　　松柏本孤直，難爲桃李顏。昭昭嚴子陵，垂釣滄波間。身
　　將客星隱，心與浮雲閒。長揖萬乘君，還歸富春山。清風
　　灑六合，邈然不可攀。使我長歎息，冥棲巖石間。

　　按：兩首末句都以「我」介入，表露個人的仰慕之情，儼然左思
詠魯連、段干木。〈詠史〉云：「吾希段干木，偃息藩魏君。吾慕魯仲
連，談笑卻秦軍。」以「我」入詠史詩，詠史寫懷的意旨大明，這是
左思開出的表現。擴大地說，但凡詠歎古人而帶有自身的投影，都是
左思式的表現方式。

△　陳子昂〈感遇〉其三五

　　本爲貴公子，平生實愛才。感時思報國，拔劍起蒿萊。西
　　馳丁零塞，北上單于臺。登山見千里，懷古心悠哉。誰言
　　未忘禍，磨滅成塵埃。

△ 陳子昂〈薊丘覽古〉其二

南登碣石坂，遙望黃金臺。邱陵盡喬木，昭王安在哉！霸
圖悵已矣，驅馬復歸來。

△ 李白〈古風〉其五八

我行巫山渚，尋古登陽臺。天空綵雲滅，地遠清風來。神
女去已久，襄王安在哉。荒淫竟淪替，樵牧徒悲哀。

按：阮詩其三一云：「駕言發魏都，南向望吹臺。簫管有遺音，
梁王安在哉！戰士食糟糠，賢者處蒿萊。歌舞曲未終，秦兵已復來。
夾林非我有，朱宮生塵埃。軍敗華陽下，身竟為土灰。」是這幾首詩
的模擬典範。用韻的雷同，句法的相似，己可證明。懷古詩在透過古
蹟環境及古人古事的描述，呈現歷史興亡與人事盛衰之無常，使人蘊
生無常的蒼茫與哀痛。唐詩這類詩甚多，遠以阮籍為濫觴。

丁、藝術風格的影響

子昂對於詠懷組詩的把握，主要是從藝術風格入手。而且這種
風格具有價值意味，不是理論上中立的種別〔註9〕。在〈修竹篇序〉
裏，齊梁綺豔（序謂「采麗競繁」、「逶迤頹靡」）的價值受到嚴重的
否定，作者心慕的是漢魏風骨。具有詠懷精神的〈孤桐篇〉〔註10〕，
子昂評為：「骨端氣翔，音情頓挫，光英朗練，有金石聲」，也就是
說全詩結構穩健，意趣飛昂，讀來音聲頓挫，若有一股激越的生命
力量，可以感覺得出作者的高志壯懷。子昂把這篇作品和正始、建
安的詩風並論：「不圖正始之音，復覩於茲，可使建安作者，相視而
笑。」建安、正始詩的風格，正是漢魏風骨的代表，這種風格在詩

〔註9〕彥和有八體之說，不具價值意味，一曰典雅，二曰遠奧，三曰精約，
四曰顯附，五曰繁縟，六曰狀麗，七曰新奇，八曰輕靡。黃侃云：「彥
和之意，八體並陳，文狀不同，而皆能成體，了無輕重之見存於其
間。」（《文心雕龍札記》）但從唐朝以來，以新奇、輕靡為六朝詩的
風格特色，則帶有貶抑的意味。新奇、輕靡在風格上的價值，不如
雄渾、典雅、悲壯等。

〔註10〕〈孤桐篇〉已佚。今《全唐詩》有東方虬詩四首：〈昭君怨〉三、〈春
雪〉一。

史上，並非及身而絕，而是如本篇論文所言，在六朝綺靡的時風外一脈單傳。阮籍〈詠懷〉既是子昂〈感遇〉所出，是漢魏風骨的典型作品，那麼由阮籍開出的傳統，也都是骨端氣翔之作。六朝詠懷，除了張協、郭璞、鮑照稍染時風，可以指點其某部份的「綺」、「豔」、「麗」外，大抵說來，都有「高」、「壯」或「悲慨」的風格。這種風格，自然不只語言藝術所造成的語勢而已，而是與詩人高邁的志氣同時呈顯，甚至包含「興寄」的表現方式。唐人學阮、左、郭、陶、鮑、庾，各有其人，藝術風格的影響自非捕風捉影之談。初唐組詩，大抵壯而有力，寓有興寄，直承六朝詠懷之路。尤其子昂、九齡，世所論定，並為李、杜、元、白開先，唐朝也由此轉出宮體外之道路，文學風氣大變。清・施補華云：「唐守五言古，猶紹六朝綺麗之習。唯陳子昂、張九齡直接漢魏，骨峻神竦，思深力遒，復古之功大矣。」（《峴傭說詩》）劉熙載云：「唐初四子紹陳隋之舊，故雖才力迴絕，不免致人異議。陳射洪、張曲江獨能超出一格，為李、杜開先。人文所肇，豈天運使然邪？」（《藝概・詩概》）這些說法，都由詩史發展認定六朝詠懷組詩對陳、張的影響，陳、張下至李、杜，這種風格的影響已成全面性的，詠懷精神也漸漸產生反省和提出理論。

第二節　後代的評價

　　詠懷組詩被高奉為六朝詩的上品，超越潘陸所代表的綺靡之風，幾乎是後世詩評相當一致的評論結果。

　　這種評價的正式確立，通常推溯初唐的陳子昂。其實在此之前的南朝，已見端倪，不過尚非確評。一方面未得詩界的共同認定，一方面相互之間也有差異〔註11〕。不過稽流索源，這些品論自有影響在。

〔註11〕〈詩品序〉云：「觀王公縉紳之士，每博論之餘，何嘗不以詩為口實，隨其嗜欲，商榷不同，淄澠並泛，朱紫相奪，喧議並起，準的無依。」

當時批評如：

　　△　謝靈運云：「左太沖詩、潘安仁詩，古今難比。」(《詩
　　　　品‧上》「晉記室左思詩」)

　　△　劉勰云：「唯嵇志清峻，阮旨遙深，故能標焉。」(《文
　　　　心雕龍‧明詩篇》)

　　△　又云：「景純仙篇，挺拔而爲俊矣。」(同上)

　　△　又云：「景純豔逸，足冠中興。」(《才略篇》)

靈運之評，左潘高下未分，而鍾嶸均置於上品。阮詩爲正始之傑，郭
詩爲中興之俊，一置上品，與潘陸同居，一置中品〔註12〕，在潘陸之
下，劉氏見解未必與鍾同。至於當時詩界，眼中只有潘陸顏謝，詠懷
詩人難以並比。足見評準不定，見仁見智。

　　雖然評準不定，但劉、鍾對於宋齊詩風的總體批評，裴子野、李
諤抨擊江左的「吟詠情性」，下及初唐史家的詆責宮體，隱然匯爲一
道反時代的潮流。即使評準稍有小異，而貶抑綺靡之風與形似之言，
則大旨相同。劉勰云：

　　△　魏晉淺而綺，宋初訛而新，從質及訛，彌近彌澹。何
　　　　則？競今疎古，風末氣衰也。(《文心雕龍‧通變篇》)

　　△　今才穎之士，刻意學文，多略漢篇，師範宋集。雖古
　　　　今備閱，然近附而遠疎矣。(同上)

　　△　後之作者，採濫忽眞，遠棄風雅，近師辭賦，故體情
　　　　之製日疎，逐文之篇愈盛。(《情采篇》)

依〈情采篇〉，以「爲情造文」、「爲文造情」分別風雅和辭賦，魏晉
淺綺和宋初訛新歸屬「爲文造情」之列，抑揚甚明。同時的鍾嶸，抨
擊宋齊以來的用事及聲律之風：

　　△　顏延、謝莊，尤爲繁密，於時化之，故大明、泰始中，
　　　　文章殆同書抄。近任昉、王元長等，辭不貴奇，競須
　　　　新事，爾來作者，寖以成俗。遂乃句無虛語，語無虛

劉勰、裴子野、簡文帝、鍾嶸之間評準亦不相同。
〔註12〕關於阮、左、郭的詳評，參見《詩品》，本節不再引錄。

字，拘攣補衲，蠹文已甚。(〈詩品序〉)

△ 王元長創其首，謝朓、沈約揚其波，三賢或貴公子孫，
幼有文辯，於是士流景慕，務爲精密，襞積細微，專
相凌架，故使文多拘忌，傷其眞美。(同上)

批駁用事及聲律，亦可減低齊梁詩的價值。但劉、鍾還不致忽略詩的
藝術性，尤其鍾嶸，綺靡的文采還是他的藝術評準之一〔註13〕。下流
至於裴、李，則純從政教學術的觀點否定南朝詩。梁裴子野〈雕蟲論〉
云：

> 爰及江左，稱彼顏謝，箴繡鞶帨，無取廟堂。宋初迄於元
> 嘉（宋文帝年號），多爲經史；大明（宋孝武帝年號）之代，
> 實好斯文，高才逸韻，頗謝前哲，波流相尚，滋有篤焉。
> 自是閭閻年少，貴遊總角，罔不擯落六藝，吟詠情性，學
> 者以博依爲急務，謂章句爲專魯。淫文破典，斐爾爲功。
> 無被於管弦，非止乎禮義。深心主卉木，遠致極風雲。其
> 興浮，其志弱，切而不要，隱而不深，討其歸途，亦有宋
> 之遺風也。若季子聆音，則非興國；鯉也趨室，必有不敢。
> 荀卿有言：「亂代之徵，文章匿而采」，豈斯之謂乎！

「博依」用事的宗師爲顏延之，「斐爾爲功」爲綺靡風氣下語言藝術
性之追求，「卉木風雲」則是山水詩的特色，乃至形似之言的特色。
裴氏評爲「無被於管弦，非止乎禮義」，「其興浮，其志弱，切而不要，
隱而不深」，甚至詆爲「亂代之徵」，簡直是一篇聲討顏、謝的宣言。
他的評準，依乎政治教化而立，以《詩經》的四始六義、勸美懲惡爲
詩的準則。

梁簡文帝〈與湘東王書〉，認爲裴氏乃是史家，「了無篇什之美」，
是從文學的藝術性施以反擊。《梁書》本傳言：「子野爲文典而速，不
尚麗靡之詞，其制作多法古，與今文體異。當時或有詆訶者，及其末
皆翕然重之」，則裴氏詩論也有部份影響力在。隋代李諤上書正文體

〔註13〕鍾嶸的評準見於〈詩品序〉：「幹之以風力，潤之以丹采」。風力與丹
彩的統一，是他所認爲的詩的極致。

〔註14〕，疏云：

> 江左齊梁，其弊彌甚，貴賤賢愚，唯務吟詠。遂復遺理存
> 異，尋虛逐微，競一韻之奇，爭一字之巧，連篇累牘，不
> 出月露之形，積案盈箱，唯是風雲之狀。世俗以此相高，
> 朝廷據茲擢士，祿利之路既開，愛尚之情愈篤。於是閭里
> 童昏，貴遊總角，未窺六甲，先製五言。至如羲皇舜禹之
> 典，伊傅周孔之說，不復關心，何嘗入耳。以傲誕爲清虛，
> 以「緣情」爲勳績，指儒素爲古拙，用詞賦爲君子。故文
> 筆日繁，其政日亂，良由棄大聖之軌模，構無用以爲用也。

李諤見地，和裴氏相同，均貶抑江左齊梁詩的價值，認爲只是雕蟲小藝，構無用以爲用。這種重儒教而輕文藝，尚實用而賤虛飾的評價觀點，對唐人的詩文復古有很大的啓示。

初唐詩風，沿襲陳隋，而史家論文，詆責宮體〔註15〕。陳子昂出，漸漸扭轉一時詩風，他的感遇及慕阮之思，使詠懷組詩的重要性陡增，詩評上對組詩的重視由此開出。受子昂影響的張九齡、李華、李白，即嘗試各種組詩類型的創作（見上節）。他們的觀念，一色反對齊梁的「采麗競繁，而興寄都絕」，想要恢復風雅大義及漢魏風骨〔註16〕，因此建安以來的綺麗，在評價上受到貶抑〔註17〕，那麼他們心慕的言志興寄的傳統，自然高處廣寒而俯照人間了。

杜甫、白居易深受子昂的影響，倡導「以義補國」的諷諭詩，並開出社會寫實之風與新樂府的體式。雖然兩人對於六朝詩的看法不，但均屬言志傳統一脈。白居易明揭「文章合爲時而著，歌詩合爲事而

〔註14〕 見《隋書・李諤傳》。開皇四年，隋文帝禁華綺之風，普詔天下公私
文翰並宜實錄。李氏此書雖是希承帝旨，但也是個人看法。

〔註15〕 如令狐德棻《周書・王褒庾信傳論》，批評庾信「其體以淫放爲本」，
「則又詞賦之罪人也」。魏徵等《隋書・文學傳序》，批評宮體爲「亡
國之音」。

〔註16〕 見陳子昂〈與東方左史虬修竹篇序〉。

〔註17〕 李白〈古風〉：「自從建安來，綺麗不足珍」（其一），乃是反對建安
以來的綺麗風氣，並非連詠懷一系也予貶抑。

作」，「上以補察時政，下以洩導人情」〔註18〕，他的〈與元微之論作文大旨書〉，便是唐代詩言志觀的宣言。其中提到三百篇與梁陳的風雪花草，認為《詩經》的景物都是有所託寄，梁陳作品「麗則麗矣，不知所諷」〔註19〕。又認為唐興二百年，只有陳子昂〈感遇〉二十首，鮑防〈感興〉十五篇最堪重視〔註20〕，對詠懷組詩的評價也有影響。

以上所述，初看似與組詩評價關連不大，其實後代評價都是由此導引。其中顯示五點重要意義：

1. 這些評論雖有相異評準，但大體不滿六朝時風，故對綺靡、山水、用事、聲律、宮體各有批評。詠懷組詩大部份超出時風之外，價值自然提高。

2. 過份傾向藝術性的追求，常被視為「為文造情」，背棄四始六義的文學傳統，而潘陸顏謝及齊梁宮體，往往被視為這類代表。出乎其類，只有六朝詠懷組詩。

3. 以言志傳統衡視六朝詩，詠懷組詩意義重大。

4. 彩麗競繁的詩不具漢魏風骨，詠懷組詩則是子昂、太白心目中漢魏風骨的典型之一，故不僅騰諸口說，且以實際作品為實踐的說明。

5. 白居易提舉初唐的詠懷組詩，順此上溯，是受六朝詠懷的影響。

綜此五點，詠懷組詩的珠玉真價，已可評定，宋代以下，只是站在這一基點作更進一步的批評。

今就後人對詠懷詩人及其詩的評述，分「單論或與六朝時風比論」或「相互比論」二端，臚列於下：

〔註18〕見〈與元微之論作文大旨書〉。

〔註19〕與元微之書：「陵夷至于梁陳間，率不過嘲風雪，弄花草而已。噫！風雪花草之物，三百篇中，豈捨之乎？顧所用何如耳！設如『北風其涼』，假風以刺威虐。……皆興發於此，而義歸於彼。反是者，可乎哉？然則『餘霞散成綺，澄江靜如練』之什，麗則麗矣，吾不知其所諷焉。」

〔註20〕鮑防，唐天寶末年進士，《全唐詩》載其詩八首。其〈感興十五篇〉，均已失傳，但存詩尚可見譏切世敝之意。

甲、單論或與六朝時風比論

關於阮籍者：

△ 黃初之後，唯阮籍〈詠懷〉之作，極爲高古，有建安
　　風骨。(嚴羽《滄浪詩話》)

△ 步兵〈詠懷〉自是曠代絕作，遠紹國風，近出入于十
　　九首。(王船山《古詩評選》)

△ 阮公詠懷，神至之筆。(陳祚明《采菽堂古詩選》)

△ 阮〈詠懷〉與陶詩，各有至處，皆五言之宗也。阮公
　　殿魏詩之末，而綽有漢音，非鄴下諸子所可步趨也。(《師
　　友師傳錄》張歷友語)

△ 西晉詩當以阮籍作主，潘左羣輔之。(李重華《貞一齋詩
　　說》)

關於左思者：

△ 晉人舍陶淵明、阮嗣宗外，唯左太沖高出一時，陸士
　　衡獨在諸公之下。(《滄浪詩話》)

△ 三國之降爲西晉，文體大壞，古度古心不絕於來茲者，
　　非太沖其焉歸？(《古詩評選》)

△ 在六朝而無六朝習氣者，左太沖、陶彭澤也。(張蔚然
　　《西圃詩麈》)

△ 太沖一代偉人，胸次浩落，灑然流詠。……其雄在才，
　　而其高在志。鍾嶸以爲「野於陸機」，悲哉！彼安知太
　　沖之陶乎漢魏，化乎矩度哉！(《采菽堂古詩選》)

△ 壯武之世，茂先休奕，莫能輕軒；二陸潘張，亦稱魯
　　衛。左太沖拔出於眾流之中，胸次高曠，而筆力足以
　　達之，自應盡掩諸家。鍾記室嶸季孟於潘陸間，謂野
　　於士衡，而深於安仁，太沖弗受也。(沈德潛《說詩晬語》)

△ 鍾嶸評左詩謂「野於陸機，而深於潘岳」，此不知太沖
　　者也。太沖胸次高曠，而筆力又復雄邁，陶冶漢魏，
　　自製偉詞，故是一代作手，豈潘陸輩所能比埒。(沈德
　　潛《古詩源》)

△ 太沖祖述漢魏，而修詞造句，全不沿襲一字，落落寫

來，自成大家。視潘陸諸人，何足數哉！（黃子雲《野
鴻詩的》）

△　太康詩，二陸才不勝情，二潘才情俱減，情深而才大
者，左太沖一人而已。（成書倬雲《多歲堂古詩存》）

關於張協者：

△　三國已降，風雅幾於墜地，乃使潘令〈河陽〉，子荊〈零
雨〉一派，翁嫗學究之詩，獵名作者。二陸雖爲陶謝
開先，而方在驅除，尤多擾鉏棘矜之色。景陽亭立其
際，獨以天光映拂，袚塵土而納之春柳秋月之前，開
人眉目，以獲人心。「清氣盪喧濁」，殆自謂矣。（《古詩
評選》）

△　景陽詩寫景生動，而語蒼蔚，自魏以來，未有是也。（《采
菽堂古詩選》）

△　景陽琢辭，實祖太沖，而寫景漸啓康樂，在典午中亦
可稱巨擘。（《野鴻詩的》）

△　胸次之高，言語之妙，景陽與元亮之在兩晉，猶長庚
啓明之在麗天矣。（何焯《義門讀書記》）

關於郭璞者：

△　郭璞宜在上品。（《漁洋詩話》）

△　過江以還，越石悲壯，景純超逸，足稱後勁。（《說詩晬
語》）

△　景純遊仙，振響兩晉。（陳沆《詩比興箋》）

關於陶潛者：

△　陶彭澤詩，顏謝潘陸皆不及者，以其平昔所行之事，
賦之於詩，無一點愧詞，所以能爾。（許顗《彥周詩話》）

△　謝所以不及陶者，康樂之詩精工，淵明之詩質而自然
耳。（《滄浪詩話》）

△　古今尊陶，統歸平淡。（《陶詩析義》自序）

△　陶淵明超然塵外，獨闢一家。蓋人非六朝之人，故詩
亦非六朝之詩。（江盈科《雪濤詩評》）

△　陶潛宜在上品。（《漁洋詩話》）

　△　駕晉宋而獨遒，何王韋之可擬？……千秋之詩，謂惟
　　　陶與杜可也。(《采菽堂古詩選》)

　△　陶公以名臣之後，際異代之時，欲言難言，時時寄託，
　　　不獨〈詠荊軻〉一章也。六朝第一流人物，其詩自能
　　　曠世獨立。鍾記室謂其源出於應璩，目爲中品，一言
　　　不智，難辭厥咎已。(《說詩晬語》)

　△　陶公附晉之終，而實居宋代，非顏謝諸子所可庶幾也。
　　　(《師友詩傳錄》張歷友語)

　△　謝才顏學，謝奇顏法，陶則兼而有之，大而化之，故
　　　其品爲尤上。(《藝概·詩概》)

關於鮑照者：

　△　六朝文氣衰緩，唯劉越石、鮑明遠有西漢氣骨，李杜
　　　筋取此。(陳繹曾《詩譜》)

　△　鮑照才力標舉，凌厲當年，如五丁鑿山，開人世所未
　　　有。(陸時雍《詩鏡總論》)

　△　鮑照宜在上品。(《漁洋詩話》)

　△　明遠沈雄篤摯，節亮句遒，又善能寫難寫之景，較之
　　　康樂，互有專長。(《野鴻詩的》)

　△　明遠樂府(行路難等篇)，如五丁鑿山，開人世所未有。
　　　後太白往往效之。五言古亦在顏謝之間。(《古詩源》)

　△　明遠長句，慷慨任氣，磊落使才，在當時不可無一，
　　　不能有二。……何、劉、沈、謝均莫及也。(《藝概·詩
　　　概》)

　△　李、杜皆推服明遠，稱曰「俊逸」。……明遠獨俊逸，
　　　又時出奇警，所以獨步千秋，衣被百世。(丁福保《八代
　　　詩菁華錄箋注》)

關於庾信者：

　△　庾信之詩，爲梁之冠絕，啓唐之先鞭。(《升庵詩話》)

　△　審其造情之本，究其琢句之長，豈特北朝一人，即亦
　　　六季鮮儷。(《采菽堂古詩選》)

　△　陳、隋間人，但欲得名句耳。子山於琢句中，復饒清

氣，故能拔出於流俗中，所謂軒鶴立雞羣者耶！（《古
詩源》）

這些評論，或從人物境界的高下，或從詩的藝術風格，推許詠懷
詩人及其詩，高置於同時代其他詩人的上頭。原來鍾嶸置於中品的郭
璞、陶潛、鮑照，在後代都有翻案的意見。尤其是陶潛，自宋以後已
成爲詩評公認的偉大詩人，其詩不僅平淡自然，而且深造於道，在藝
術風格之外，另有一關人物境界的品評。阮籍籠罩正始，左思拔出太
康，郭璞挺萃江左，淵明超越晉宋，庾信力蓋梁陳，這些詩人及其組
詩列於上品，大致沒有歧見。至於陳思爲七子之首，黃初之雄，眾所
周知，無庸煩論。只有張協、鮑照，地位稍微不能相侔，張協或在潘
左之上，或在潘左之下，兩面有評。鮑照或在顏謝之上，或在顏謝之
間，也無定評。但〈擬行路難〉樂府，評價甚高。歌行之體，六朝無
人可以並駕，故曰：如五丁鑿山，開人世所未有。

近人批評，則大抵祖述前人，唯觀念上高倡「爲人生而藝術」，
反對「爲藝術而藝術」。故潘陸顏謝徐庾一一貶抑，而具有坎壈詠懷，
對於社會有所譏刺的作品，則躍登寶座。不過評論結果與前人大同小
異。今舉顧實之說，概括其餘：「唯郭景純夐乎異是，其所有名署遊
仙，而實則與阮籍〈詠懷〉、左思〈詠史〉同一用意，並有千古之價
值焉。」（《中國文學史大綱》）

乙、相互比論

△ 太沖〈詠史〉，景純〈遊仙〉，皆骨幹清強，神理俊爽，
其所以不及漢者，正以太清強，太俊爽耳。若阮公〈詠
懷〉，則渾樸之氣未散也。（施補華《峴傭說詩》）

△ 景純〈遊仙〉，蓋本漢諸仙詩及思王五遊、升天諸作，
而氣骨詞藻，率遠遜前人，非左敵也。（《詩藪》）

△ 安仁、景陽非太沖比。（《詩藪》）

△ 張景陽詩開鮑明遠，明遠道警絕人，然練不傷氣，必
推景陽獨步。（《藝概・詩概》）

△ 元亮得步兵之澹，而以趣爲宗，故時與靈運合也，而

於漢離也。明遠得記室之雄，而以詞爲尚，故時與玄暉近也，而去魏遠也。(《詩藪》)

△ 鮑之雄渾在聲，沈摯在辭，而於情反傷淺近，不及子山，乃以是故。然當其會心得意，含咀宮商，高揖機、雲，遠符操、植，則又非子山所能競爽也。要之，自宋以後，此兩家洵稱人傑。鮑境異於庾，故情遜之；庾時後於鮑，故聲遜之。(《采菽堂古詩選》)

△ 阮嗣宗詠懷，其旨固爲淵遠，其屬辭之，來去無端，不可蹤迹。後來如射洪〈感遇〉、太白〈古風〉，猶瞻望弗及矣。(《藝概·詩概》)

　　詠懷詩人間的相互比論，以阮、左、陶高居上位，張、郭、鮑、庾其次。胡應麟貶視陶詩，則主要因爲有「詩格代降」的觀點橫於胸中〔註21〕，大部份評者不然。

　　近代文學史較多單論或與六朝時風比論，很少比較各家組詩間的高下優劣。不過就敘述間對於某家的輕重，大抵張不如左可以確定〔註22〕，其餘則不敢妄自猜測。

〔註21〕元瑞論五古，處處有「詩格代降」的意思。如外編卷二云：「漢魏晉宋齊梁陳隋，八代之階級森如也。枚、李、曹、劉、阮、陸、陶、謝、鮑、江、何、沈、徐、庾、薛、盧，諸公之品第秩如也。其文日變而盛，而古意日衰也。其格日變而新，而前規日遠也。」這是明朝擬古風氣催生的見解，今人大抵不取。不過這種見解劉勰已露端倪，《文心雕龍·通變篇》云：「黃唐淳而質，虞夏質而辨，商周麗而雅，楚漢侈而豔，魏晉淺而綺，宋初訛而新。從質及訛，彌近彌澹。」

〔註22〕如劉大杰文學史對太康期的敘述，標舉左思的詩爲太康上品，認爲「這種渾厚的作風，高潔的境界，不是潘陸三張他們的詩中所能找到的」。又如李曰剛文學史，明言「張協又遜於陸潘，陸潘復不及太沖」，則張不如左可見。

結 論

　　從中國詩史的發展來看，六朝詠懷組詩的存在，無疑是個頗為重要的文學現象，應予正視。六朝詠懷組詩的關鍵，應推阮籍及其五言的〈詠懷詩〉八十二首，由阮籍〈詠懷〉肇端，導引出六朝詠懷組詩的傳統。

　　以往的一般文學史，曾隱約的意識到這個現象，但不能進一步確定作品間的相互關聯，故詠懷組詩亦不被當作整體現象來探討，連帶地，有唐至今的類型模仿，也得不到合理的解釋。本論文的研究，當能提供文學史上，對這一段時期的詩歌，作深一步的了解與參考。

　　六朝詠懷組詩，承繼先秦兩漢的言志傳統而興，涵有「對生命、社會、時代的感受與反省」的精神，與當代的綺靡時風分流而行。歷代詩評論及六朝，總把詠懷組詩的藝術成就高置上頭，代表時風的綺靡之作，反被譏貶為詩格卑下，顯見詠懷組詩，有其重要的價值。

　　詠懷組詩有各種類型：以「雜詩」為題，以「詠懷」為題，以「詠史」為題，以「遊仙」為題，以「擬古」為題。這些類型所顯示的心靈世界，均以「對生命、社會、時代的感受與反省」為內容，充滿士不遇的情懷與憂生的嗟歎，在在傳達出人生的嚴肅性與時代的意義，同時對詩境的擴展，開拓了新的境界。

　　自陳子昂提倡「漢魏風骨」，六朝詠懷組詩的文學精神與藝術風格，在唐詩的形成中產生了巨大的影響。唐代以來，各種類似詠懷組詩的相繼出現，均以六朝詠懷組詩的類型為其濫觴，影響所及，迄今猶存，其中淵源長流，可一覽而知。

　　總之，六朝詠懷組詩是前有所承，後有所啟，而中有所創的文學現象，這一現象應在六朝詩史占有它的一席地位。

主要參考書目

一

1. 《曹子建集》，曹植著，中華書局。
2. 《曹子建詩注》，黃節注，河洛出版社。
3. 《阮步兵詠懷詩注》，黃節注，藝文印書館。
4. 《阮嗣宗詩箋》，古直箋，廣文書局。
5. 《陶靖節全集注》，陶澍注，世界書局。
6. 《陶淵明詩箋注》，丁仲祜注，大方出版社。
7. 《陶潛詩箋注校證論評》，方祖燊著，蘭臺書局。
8. 《鮑參軍集》，鮑照著，中華書局。
9. 《鮑參軍詩注》，黃節注，世界書局。
10. 《庾子山詩注》，黃節注，河洛出版社。

二

1. 《全上古三代秦漢三國六朝文》，嚴可均編，世界書局。
2. 《漢魏六朝一百三家集》，張溥編，新興書局。
3. 《全漢三國晉南北朝詩》，丁仲祜編，藝文印書館。
4. 《文選注》，李善注，藝文印書館。
5. 《六臣注文選》，李善等注，華正書局。
6. 《玉臺新詠》，徐陵編，世界書局。
7. 《全唐詩》，康熙敕修，明倫出版社。
8. 《宋詩鈔》，吳之振等編，世界書局。

9. 《宋詩鈔補》，管庭芬等編，世界書局。

10. 《元詩選》，顧嗣立編，世界書局。

11. 《明詩綜》，朱彝尊編，世界書局。

12. 《古詩評選》，王夫之評，自由出版社《船山遺書全集》本。

13. 《古詩源》，沈德潛編，世界書局。

14. 《詩比興箋》，陳沆箋，正生書局。

三

1. 《中國文學史》，曾毅著，文史哲出版社。

2. 《中國文學史大綱》，顧實著，商務印書館。

3. 《中國文學史大綱》，容肇祖著，開明書店。

4. 《中國文學發展史》，劉大杰著，中華書局。

5. 《插圖本中國文學史》，鄭振鐸著，新欣出版社。

6. 《中國文學發展史》，林庚著，清流出版社。

7. 《中國文學史講話》，施慎之著，世界書局。

8. 《中國文學流變史》，李曰剛著，聯貫出版社。

9. 《中國文學史》，葉慶炳著，廣文書局。

10. 《中國文學史初稿》，邱燮友等著，石門圖書公司。

11. 《中國中古文學史》，劉培著，正生書局。

12. 《漢魏六朝文學》，陳鐘凡著，商務印書館。

13. 《中古文學史論》，王瑤著，長安出版社。

14. 《中國中古文學七書》，劉培等著，鼎文書局。

15. 《中古文學概論五書》，王瑤等著，鼎文書局。

16. 《漢魏六朝詩論稿》，李直方著，香港龍門書店。

17. 《兩晉詩論》，鄧仕樑著，香港中文大學。

18. 《論六朝詩中巧構形似之言》，王文進著，師大國研所六十七年碩士論文。

19. 《魏晉南北朝文學史參考資料》，林庚等編，泰順書局。

20. 《中國古典文藝論叢》，黃兆顯著，香港蘭芳草堂。

21. 《中國文學研究》，陳延傑等著，明倫出版社。

22. 《中國古典文學論叢》冊一，林文月等著，中外文學社。

23. 《英美學人論中國文學》，福洛沁等著，香港中文大學。

24. 《陶淵明評論》，李辰冬著，東大圖書公司。
25. 《陳世驤文存》，陳世驤著，志文出版社。
26. 《唐詩形成的研究》，方瑜著，嘉新論文。

四

1. 《歷代詩話》，何文煥編，藝文印書館。
2. 《續歷代詩話》，丁仲祜編，藝文印書館。
3. 《清詩話》，丁仲祜編，藝文印書館。
4. 《百種詩話類編》，臺靜農編，藝文印書館。
5. 《文心雕龍注》，范文瀾注，明倫出版社。
6. 《詩品注》，汪中注，正中書局。
7. 《滄浪詩話校釋》，郭紹虞釋，正生書局。
8. 《詩人玉屑》，魏慶之編，佩文書社。
9. 《名賢詩評》，俞允文編，廣文書局。
10. 《詩藪》，胡應麟著，正生書局。
11. 《藝概》，劉熙載著，廣文書局。
12. 《中國文學批評史》，郭紹虞著，明倫出版社。
13. 《中國文學批評史》，羅根澤著，學海出版社。
14. 《詩言志辨》，朱自清著，開明書店。
15. 《六朝文論》，廖蔚卿著，聯經出版公司。

五

1. 《魏晉的自然主義》，容肇祖著，商務印書館。
2. 《魏晉玄學論稿》，湯用彤著，廬山出版社。
3. 《魏晉思想論》，劉大杰著，中華書局。
4. 《魏晉思想與談風》，何啓民著，學生書局。
5. 《才性與玄理》，牟宗三著，人生出版社。

六

1. 《三國志》，陳壽著，鼎文書局。
2. 《晉書》，房玄齡等著，鼎文書局。
3. 《宋書》，沈約著，鼎文書局。
4. 《南齊書》，蕭子顯著，鼎文書局。

5. 《梁書》，姚思廉著，鼎文書局。

6. 《周書》，令狐德棻著，鼎文書局。

7. 《隋書》，魏徵等著，鼎文書局。

8. 《南史》，李延壽著，鼎文書局。

9. 《北史》，李延壽著，鼎文書局。

10. 《文史通義》，章學誠著，國史研究室。

11. 《二十二史劄記》，趙翼著，樂天出版社。

12. 《兩晉南北朝史》，呂思勉著，開明書店。

13. 《魏晉南北朝史》，勞榦著，華岡書局。

14. 《兩晉南北朝士族政治之研究》，毛漢光著，中國學術著作獎助委員會。

15. 《魏晉南北朝時代世族之盛衰》，曹述珏著，順先出版社。